W0316724

FORFANA

©Editions ALINEA, 1989
22, rue Victor-Leydet
13100 Aix-en-Provence

Marcel Bozzuffi

Forfana

Avant-propos de Françoise Fabian

ALINEA

AVANT-PROPOS

Il adore raconter des histoires.

Quand des amis viennent à la maison, ou bien au restaurant, après que nous ayons bien mangé, bien bu, il prend du recul, un bon mètre de la table, en équilibre sur les deux pieds arrière de sa chaise, poitrine dilatée, fossettes charmeuses et voilà, il commence.

Je connais la mise en scène par cœur. Il raconte : sa jeunesse pauvre, sa famille — les émigrés italiens du Faubourg St-Antoine —, la guerre, son père. Il connaît bien les gens, il sait les regarder. Il invente, il en rajoute, il fait la joie de ses auditeurs, il m'agace, il livre tout, il tient son public en haleine, il fait rire. Pleurer aussi parfois.

Un soir, il a surpris dans mon regard une nette désapprobation. Il a rougi et s'est interrompu, basculant en avant sur la chaise.

Les amis le regardent étonnés, un peu sur leur faim, puis s'en vont, brusquement conscients de l'heure tardive. Après leur départ, il tourne et vire, pas content, inquiet de m'avoir déplu.

Mais c'est vrai ! Tant d'énergie ! Quel gaspillage pour distraire l'assemblée ! Ces histoires, souvent douloureuses, ces souvenirs, ces personnages réels ou imaginaires... ils lui appartiennent. Ils sont nourris de ses racines, de son passé ! Pourquoi ne pas leur donner une existence plus féconde ?

Deux jours plus tard, un matin, je le découvre à table, entouré de feuilles noircies, indifférent à ma présence, seul, lointain. Déjà engagé sur cette terre étrangère qu'il allait désormais visiter avec la ponctualité de l'artisan conscient du travail accompli.

Quand il était petit, sur son vélo, à la campagne, il rêvait aux abords d'allées privées dans lesquelles il regardait s'éloigner de grandes voitures décapotables, débordantes de jeunes gens chics. Il n'a jamais su ce qu'il y avait au bout.

Sans doute conjura-t-il ce sentiment d'exil dans la solitude et dans le bonheur d'écrire parvint-il lui aussi au bout des allées interdites.

Françoise Fabian

FORFANA

Mon oncle Alfred était sûrement l'un des meilleurs toupilleurs de Paris. Il exerçait cette profession difficile où l'art se mêle au danger avec une sûreté, une élégance qui lui permettaient d'accomplir son travail avec la conscience, la certitude de figurer parmi l'élite et une assurance telle, un coup d'œil si sûr qu'il demeurait l'un des rares ouvriers de cette corporation à conserver ses deux mains intactes.

En dehors des sportifs dont les exploits le fascinaient, peu de gens dans son entourage, parmi ses amis, ne l'avaient véritablement surpris. En revanche, son talent, l'intérêt qu'il portait à toute nouveauté, son caractère ouvert, en faisaient une sorte de pôle attractif dont on aimait connaître l'opinion. Mais son ascendant était encore plus évident sur ses intimes. Ses activités ludiques, son côté resquilleur et un peu anar, les poussaient à vouloir partager ses moments de liberté et de détente tant étaient multiples ses inventions pour se distraire, et communicative son immense joie de vivre.

Il n'était vraiment étonné que par Braün, son aîné, considéré par ses pairs comme le plus grand d'entre eux. Un être d'exception vivant comme un reclus dans un minuscule atelier d'artisan qui était tout son univers.

Le don d'affûter les fers pour les rendre de plus en plus tranchants, Braün ne l'avait pas appris, c'était venu avec le temps. Ce secret qu'il ne tenait d'aucun maître, d'aucun compagnon, curieusement il ne voulait pas le transmettre, le défendant jalousement. Cela l'incitait, par un bizarre réflexe, à s'arrêter de travailler dès que quelqu'un franchissait le seuil de sa courette pour se diriger vers la porte de son minuscule atelier.

Deux ou trois fois, le soir, Alfred avait essayé de le surprendre dans son antre. Peine perdue. Braün avait immédiatement desserré les mâchoires de l'étau, libérant le fer qu'il affûtait pour l'enfouir dans sa poche.

Que ce fût un client, un livreur ou un apprenti venu chercher des pièces de bois déjà travaillées, immanquablement il tendait la main vers la manette de commande et l'abaissait d'un geste lent pour stopper la machine.

Dans un premier temps, les visiteurs n'apercevaient que cet axe continuant son mouvement circulaire, puis la poulie d'entraînement ralentissant sa course, ils devinaient plus qu'ils ne les voyaient les fers enclavés dans l'axe de la toupie, cherchant à leur donner une forme, essayant de deviner leurs véritables profils.

Finalement, il leur fallait attendre les ultimes rotations pour découvrir enfin leur véritable aspect.

Beaucoup d'entre eux demeuraient stupéfaits, ahuris devant l'énormité de ces fers aiguisés comme des rasoirs. Ils ressemblaient parfois à de dangereuses gargouilles rendues inoffensives tant que la machine était arrêtée.

Le dos tourné au reste de l'atelier, l'œil rivé sur sa toupie, Alfred travaillait au champignon, c'est-à-dire sans l'appui de la table, à même l'axe. Exercice d'une grande difficulté, particulièrement dangereux, exigeant des nerfs d'acier ; d'autant plus dangereux qu'il poussait sur cet axe la corniche arrondie d'un fronton d'armoire d'une seule pièce. Un pari fou d'équilibre, de concentration, de courage. Doucement, il engageait le fer dans le bois avec une délicatesse de dentiste, le faisant pénétrer sans à-coup, attentif. Tout son être tendu surveillait ce fer comme le matador la corne du taureau. Un peu plus loin, Cherrier, le contremaître, s'était arrêté, invitant du coude un ou deux compagnons à profiter du spectacle. Il en valait la peine. Une prouesse de ce genre, ils n'auraient pas l'occasion d'en voir souvent.

Indifférent aux gens de son atelier, enfin, faisant mine de l'être, Alfred pensait à Braün. C'est lui qu'il aurait souhaité voir là derrière lui. Malheureusement, il devrait se contenter ce soir, après la fermeture, d'aller regarder chez certains artisans du faubourg le travail effectué par l'Autrichien, afin d'établir une comparaison avec le sien. Il passerait et repasserait sa main sur les corniches, les montants, les caissons, tous ces bouts de bois plantés le long des établis dans lesquels les fers de Braün avaient laissé leur empreinte magique. Isolé du monde, projetant, maintenant que l'outil avait complètement disparu dans le bois, des rafales de copeaux, Alfred n'avait pour tout horizon qu'un pan de mur sale, jauni par le temps et la poussière de sciure qui s'accumulait chaque jour davantage, recouvrant, tels des souvenirs, les photos de ses idoles, le grand Carpentier, Marcel Thil, Ottavio Bottechia et les frères Pélissier.

La photo de Bottechia avait une double raison d'être. Vainqueur du Tour de France l'année précédente, elle le représentait sur la ligne d'arrivée, couvert de boue, Alfred à ses côtés. Cela avait été son plus bel exploit dans le domaine de la roublardise et il pensait qu'avoir réussi à s'infiltrer dans le Parc des Princes, sans billet, à la barbe d'un service d'ordre impressionnant d'agents, de contrôleurs, fendre au dernier moment, une fois la piste traversée, le rideau des officiels, des journalistes, pour se retrouver le lendemain en première page du journal l'*Auto*, le bras enserrant d'une façon amicale le héros du jour, équivalait dans sa série de prouesses à ce qu'avait fait Bottechia dans la montée du Galibier.

L'ambiance feutrée des ateliers d'ébénisterie installés au premier étage d'une construction tout en bois, qu'une galerie ceinturait de longues vitres sales, laissait bien augurer la discipline qui y régnait.

La hiérarchie instaurée depuis des années voulait que les meilleurs ouvriers fussent les derniers dans l'alignement des établis. On y trouvait là le gratin, l'élite. Ceux qui faisaient la renommée du faubourg, Heurtault le marqueteur, le grand Lucien qui tirait des volutes de sa varlope, Albert Lavisse, Maurice Curvellier, capable du premier coup de scier d'équerre. Tous les autres, Lefèvre Gallaine le tabletier entouré de ses trictracs, Remiremont, originaire de Fouesnant, spécialiste de la restauration, faussaire de génie qui un jour, s'étant malencontreusement entaillé un doigt, avait radoubé la plaie avec de la colle forte pour ne pas interrompre un travail qu'il était sur le point de finir.

De la cheminée où s'arrêtait leur domaine jusqu'à la porte donnant sur la galerie, le reste de l'atelier abritait la colonie italienne, les derniers arrivants. Emigrés, ils étaient venus tenter leur chance dans ces locaux où régnait une discipline de fer. Les contremaîtres ne connaissaient que le règlement et l'appliquaient à la lettre. Il n'était pas permis de fumer, le moindre mégot découvert dans un tiroir ou ailleurs équivalait au renvoi immédiat.

La consigne interdisait de travailler le coude ou l'avant-bras posé sur l'établi. Toute infraction à cette loi valait à son auteur d'entendre la phrase tant redoutée : « Vous passerez à la caisse ». C'était expéditif, le compagnon incriminé rangeait ses outils, on lui donnait son compte. Il passait sans transition de l'état d'ébéniste à celui de chômeur et ce n'étaient pas les longues files d'ouvriers cherchant du travail, stationnant le matin devant les grilles des usines et les portails de sociétés qui pouvaient lui donner quelque espoir en cette période de misère.

Avant même de les voir, Marcello Bertone entendait la terre trembler sous leurs sabots. A leur approche, le grondement s'amplifiait et il sentit qu'ils étaient sur le point de transpercer cette brume bleutée qu'un soleil paresseux ne dissipait que par lambeaux. Il ajusta ses jumelles. D'une précision mécanique, les trotteurs martelaient avec vigueur cette piste d'où la rosée n'avait pas encore complètement disparu. Quand il les vit déboucher de front, roue dans roue, le poitrail luisant et les pattes hautes, projetant derrière eux des mottes de terre qu'ils arrachaient à chaque foulée, coiffés de leurs brides à œillères, les naseaux dilatés soufflant des jets de vapeur, il pensa que si le cheval qu'il venait d'acquérir, dont il suivait l'entraînement, n'était pas le crack qu'il espérait, le spectacle auquel il assistait lui ferait oublier une partie de ses désillusions.

Il n'apercevait plus maintenant que le dos des drivers rejetés en arrière sur la selle des sulkies, leurs pull-overs bariolés disparaissant de l'autre côté de la piste dans ce brouillard matinal qui se refermait sur eux.

Il souffla dans ses mains, donna l'ordre au chauffeur d'aller ranger l'Hispano-Suiza près des boxes du haras et s'en alla d'un pas alerte rejoindre les entraîneurs penchés sur leur chronomètre qui vérifiaient les temps de passage.

De Vincennes, qui abritait ses amours pour les trotteurs, Bertone se rendait ensuite à Maisons-Alfort dans d'immenses hangars acquis quelques années plus tôt où il s'occupait d'un élevage de volailles — cailles, oies — qui avait fait sa fortune. Ponctuel, tous les matins à la même heure, il pénétrait dans ses établissements et y restait une bonne partie de la journée. Il saluait tout le personnel déjà en mouvement pour sa tâche quotidienne. Il les connaissait presque tous, ne s'entourant que de familiers, cousins, beaux-frères, belles-sœurs, de leurs amis, de leurs parents qu'il sous-payait et qui lui permettaient malgré tout de s'absenter sans crainte, conscient que la confiance qu'il leur portait justifiait à elle seule leur intégrité. Ce commerce florissant, dont il ne tirait aucune vanité lui avait donné des goûts de luxe. Il ne s'habillait qu'à Londres, des tissus les plus chics. Son goût pour les beaux vêtements s'accordait mal avec cet endroit que les bestioles ne respectaient point et, de le voir passer dans les allées souillées, maculées d'excréments, chaussé de bottines à œillets recouvertes de guêtres claires détonnait.

L'un de ses frères, Antoine, l'aîné, tenait un café place d'Aligre, et Marcello aimait souvent lui rendre visite.

Chaque vendredi, à la fin du marché, la somptueuse automobile se frayait difficilement un passage au milieu de cette foule qui s'agitait comme des fourmis entre les halles Beauvau et le marché des " vieux habits ".

Déjà les fermiers libéraient les emplacements qu'ils occupaient dès l'aurore. Des paniers, des cageots amoncelés à l'arrière des carrioles brinquebalaient, et parfois une tête d'oie jaillissait, hagarde, l'œil inquiet, mécontente d'être trimballée de cette façon. Ils regagnaient le silence de leur campagne, soulagés de se soustraire aux voix criardes des marchandes des quatre-saisons qui bradaient aux retardataires les derniers légumes qu'elles raclaient au fond des étals pour les enfouir en un tournemain dans des cornets de papier journal.

Tenant leurs chevaux par la bride, les hommes pestaient dans le désordre et la confusion de ces voitures entremêlées, désireux de s'en extirper au plus vite afin d'aller trinquer avec les collègues avant de reprendre la route.

Dans cette ambiance de jurons et de cris, il était surprenant de voir, près de la tente d'un fripier dont les nippes accrochées à des cintres pendaient sans vie tels des épouvantails à moineaux, un homme de peine, le cul sur une caisse, le regard lointain, étranger à ce qui se tramait autour de lui, attendant avec patience de remballer les hardes dans les panières, sous l'œil d'un chien prêt, au moindre geste de son maître, à tirer sur la bricole qu'une chaîne reliait à une voiture à bras.

Seuls les camelots semblaient oublier qu'il y avait une fermeture. D'un bagout d'une étonnante impudence, ils vantaient les mérites de crèmes, d'onguents pour finir par n'en proposer qu'une seule, la poudre miracle : “ La poudre de perlimpinpin ”, la panacée, le garant d'une éternelle jeunesse, guérissant maux, plaies et bosses, sans parler des brûlures et des rhumatismes, à des badauds ébaudis qui finiraient bien par sortir leurs sous, une fois que leurs complices auraient sorti les leurs.

Majestueuse, insolente, l'Hispano avançait aussi lentement qu'un vaisseau entre au port, écrasant sous ses roues à flanc blanc le crottin frais des chevaux.

Rien ni personne n'aurait pu arrêter sa progression. Vendredi, jour sacro-saint, Marcello Bertone venait partager la “ pastassutta ” avec son frère et sa famille.

Le rituel était rigoureusement le même. De la tête, il saluait son frère occupé avec sa clientèle, embrassait sa belle-sœur rivée au tiroir-caisse, et se glissait dans une cuisine minuscule à travers un rideau de perles multicolores qui, dans un bruissement de pluie, ondulait longtemps encore après son passage.

Par une porte ouverte sur une cour encombrée de barriques, de caisses, de bouteilles empalées sur des hérissons, il apercevait la *zia* * toute en noir qui touillait le linge dans l'eau bouillante d'une lessiveuse. Derrière elle, des draps pendaient, lourds, humides, qu'aucun souffle de vent n'aurait pu faire claquer.

A travers la vapeur, elle le regardait inspecter les plats sur le fourneau. Elle posait son bâton et, sans se presser, venait le rejoindre, lissant ses paumes mouillées contre son sarrau et Marcello était toujours surpris de voir l'énormité

* Zia : tante

des veines gonflées comme des tubulures sur ses mains rougies par la chaleur.

Malicieusement, elle s'inquiétait de ses investigations :

– Ti piace ?

Il humait encore un peu l'odeur de champignons secs et d'oignons mijotés.

– Hum, disait-il, remettant le couvercle, on va se régaler !

Elle était toujours près de lui. Alors, avec une extrême délicatesse, il soulevait le fichu qui cachait des cheveux d'une blancheur immaculée, lissés de chaque côté d'une raie au milieu. Il la regardait avec tendresse et lui baisait gentiment le front ; puis il ressortait prendre un verre avant de passer à table, tandis qu'invariablement elle se recoiffait comme si, sans son fichu bien noué autour de la tête, elle se sentait toute nue.

Tout autour du marché d'Aligre, les maisons se préservent de la chaleur. Les persiennes à demi rabattues sur les fenêtres ouvertes laissent filtrer un peu d'air et de lumière à l'intérieur des appartements minuscules où les gens étouffent.

Après l'agitation du matin, le quartier se repose. Au-dessus des toits de Charenton, le soleil qui décline empourpre de ses rayons le crépi des façades et la place entière, embrasée tel un décor, se donne des airs d'opérette.

Dans cette lumière aux reflets de feu, quelques personnes assises aux terrasses des cafés, leur veste négligemment posée sur les dossiers de chaise, profitent, avachies, détendues, de la quiétude de l'après-midi. Seul un homme en salopette décharge des sacs de farine sous l'œil d'un boulanger en maillot de corps blanc et son activité contraste avec cette torpeur qui alanguit la place où tout semble figé.

Installé à l'ombre de la banne tendue à la devanture du café de son frère, Marcello Bertone attend que finissent les répétitions des Concerts Pacra pour aller retrouver sa nouvelle conquête, une grande belle rousse, jeune danseuse qui exhibe ses seins avec ses consœurs du corps de ballet et dont la vocation, a-t-elle confié à Marcello, serait d'être comédienne sur les boulevards. Celui-ci, qui n'en est pas à un mensonge près, a promis de s'en occuper.

Antoine est venu rejoindre son cadet en quête de renseignements sur la forme de Talisman. Dans la cuisine, en mangeant les pâtes, ils n'avaient pu en parler, les chevaux n'étant pas l'affaire des femmes. Courra-t-il ou non le Grand Prix dans quinze jours ? Devra-t-il le jouer ? Et combien ? Antoine aimerait bien que

Marcello le rassure.

– Si quelqu'un doit être tenu en priorité au courant des chances du crack, ce sera toi, bien sûr, à qui d'autre irais-je me confier ?

Rasséréné par ces paroles fraternelles, assuré d'être dans le secret, Antoine eut un réflexe bizarre. Comme pour effacer ce qui venait d'être prononcé, il essuya la table devant laquelle se trouvait son frère d'un grand coup de torchon.

D'un poste de TSF, une voix à la tonalité limpide s'échappait des persiennes, d'un timbre d'une clarté si pure qu'elle dominait la musique, planait un moment avec elle sur la place pour finalement s'envoler seule dans le ciel aussi aisément qu'un oiseau. “ Je meurs désespéré... ”

Bertone ne pouvait s'y tromper. Il revoyait Georges Thil l'année précédente sur la scène de l'Opéra, saluant le public parisien qui l'applaudissait debout, après qu'il eut, devant le décor austère du Château Saint-Ange, imploré les étoiles.

– Tu le reconnais ?

– Bien sûr, opina Antoine qui s'empressa d'ajouter : je préfère Tito Shipa.

Haussant les épaules, Bertone n'insista pas, sachant d'avance qu'une discussion sur ce sujet ne servirait à rien. L'un s'était francisé, l'autre pas. Et pour Antoine, quelles qu'aient pu être les qualités de Georges Thil, il lui reprochait d'abord de ne pas être italien.

Tout en suivant les derniers accents du célèbre ténor, l'attention de Marcello était attirée par le va-et-vient incessant de l'homme qui déchargeait la farine de l'autre côté de la rue d'Aligre. Il se coltinait les sacs d'un mouvement si rythmé qu'on pouvait le qualifier de musical, tant les gestes étaient exécutés avec une précision métronomique.

Adossé à la charrette, il agrippait la toile de jute, se balançait en avant, amenant le sac sur ses épaules et, d'un pas souple, un peu saccadé, disparaissait par une petite porte voûtée d'où l'escalier plongeait à pic dans les entrailles d'un fournil.

– T'as remarqué le type à la salopette ?

– Non, répondit Antoine, et il se

pencha pour mieux voir, prenant appui sur la table.

Il rectifia aussitôt :

– Oui, je le connais. C'est un homme de peine. Je le vois passer de temps en temps avec sa voiture à bras. Il donne un coup de main à Pignoux le boulanger qui ne porte plus rien depuis son opération. T'en as besoin ?

Marcello eut un léger sourire.

– Non... mais je le trouve fascinant.

Eberlué par cette déclaration, Antoine regarda de nouveau en direction de la boulangerie, cherchant à découvrir par un examen plus approfondi ce que cette silhouette pouvait avoir de fascinant. Ne lui ayant rien trouvé de particulier, il se retourna :

– Je ne vois pas.

– Sa démarche !

Une lueur d'inquiétude traversa le regard d'Antoine. Il n'était pas habitué à ce que son frère s'intéressât à la démarche des gens.

– Quoi, sa démarche ? Je comprends pas.

Marcello leva son verre assez haut.

En transparence, la Suze avait des reflets d'ambre. Il en but une gorgée avant d'ajouter :

– Je n'ai jamais vu quelqu'un marcher de cette façon. On dirait un chameau.

Saisi par cette comparaison qui n'avait rien de flatteur, Antoine, machinalement, essuya la table d'un coup de torchon.

Puis trouvant ce geste inutile, et pour éviter de recommencer, il le coinça sous le bras.

– Si c'est ça qui te fascine ! Un chameau ! Je trouve ça tellement laid, avec ses grandes pattes grêles, ses gros yeux globuleux, ses bosses. Je pense même que je ne connais rien de plus laid.

Marcello fermait les yeux, savourant le contre-ut de Georges Thil, son amplitude, sa facilité. La note semblait interminable, s'envolant vers la gloire. Elle s'échappait, laissant place au silence avant que l'orchestre, respectueux, ne reprenne doucement les dernières mesures de la partition.

– Je n'ai pas parlé de l'animal, mais

de sa démarche. Le pas d'un dromadaire, c'est royal !

Son frère le regardait, les yeux ronds. Alors, comme il aurait fait pour un enfant, Marcello tenta une démonstration. Au ralenti, décomposant le mouvement, il avança les bras, les dépliant dans l'air avec une lenteur infinie, les fit retomber devant lui, tendant les mains qu'il écrasait sur la table d'un geste souple du poignet.

– Pffouff ! fit-il, accompagnant de la bouche chaque pas qu'il était censé effectuer... Pffouff... comme si au contact de ses mains, une terre poudreuse s'échappait en fumée.

Les garçons, adossés le long des colonnes, et quelques clients les regardaient à la dérobée. Nul doute, Marcello Bertone expliquait à son frère aîné les rudiments de la natation.

Persuasif, Marcello finit par conclure :

– Je ne connais rien de plus majestueux. Il cherchait un mot qu'il trouva rapidement : hautain ! Voilà ce que je veux dire. Une démarche hautaine. Ce type a une démarche hautaine comme les dromadaires.

Il s'arrêta brusquement. Pignoux, le boulanger, et l'homme à la démarche hautaine, s'étaient approchés du comptoir pour se rafraîchir.

Antoine se leva pour leur serrer la main. Tout en faisant le tour du comptoir, il fit remarquer que ce n'était pas un temps à décharger de la farine. Pignoux crut bon de préciser que ce n'était pas non plus un temps à faire du pain.

– Je disais ça en plaisantant, répondit Antoine vivement, soucieux de ne pas froisser un client, et surtout un voisin. Qu'est-ce que je vous sers ?

– De l'eau, deux Vittel.

L'homme à la salopette s'essuyait le visage avec un large mouchoir à carreaux. Maintenant qu'il le voyait de près, Marcello le détaillait sans scrupule.

Il lui semblait plus grand que tout à l'heure quand il l'observait de l'autre côté de la rue. Une silhouette mince, osseuse, presque maigre, des fesses plates. Les manches de sa chemise roulées au-dessus du coude laissaient voir des avant-bras bronzés aussi noueux que des branches d'olivier. Il y avait de l'olivier en lui. Cette rudesse sèche. De sa présence émanait non pas une force, mais une résistance peu commune. Ses gestes semblaient aisés, faciles, empreints d'une certaine douceur.

Après avoir remis le mouchoir dans sa poche, il recula doucement de peur de salir les tables du café ; avec d'infinies précautions, il se libéra de toiles de sac reliées par des bouts de ficelle qui lui protégeaient les épaules. En appui sur une jambe, il restait droit, pliant les toiles sur son genou, dénouant les nœuds sans osciller, avec calme, pondération, sans la moindre perte d'équilibre. “ Quelle aisance ! ” pensait Marcello. Il s'approcha du comptoir.

– Puis-je me permettre d'offrir les consommations, si ces messieurs m'y autorisent ?

Antoine partit d'un grand éclat de rire.

– Ça va pas te coûter cher, ils sont à l'eau.

Affable, Marcello se tourna vers le boulanger.

– Voulez-vous boire autre chose ?

Pignoux eut un sourire :

– Plus on boit, plus on transpire.

Et, s'adressant au journalier qui, une fois les toiles pliées, les roulait sur sa cuisse :

– Et vous ?

Celui-ci se tourna vers eux et refusa d'un bref signe de tête. Bertone crut déceler dans ce refus une certaine méfiance à son égard, un doute sur sa personne. Il crut bon de se présenter.

– Je m'appelle Marcello Bertone. Montrant Antoine derrière le bar : Je suis son frère.

– Et moi son boulanger, dit Pignoux, ôtant son calot.

Par politesse, Marcello eut un sourire et en profita pour renouveler son offre.

– Vous êtes gentil. Je n'ai pas soif.

Et pour se sauver d'une situation qui commençait à l'embêter, Pignoux s'adressa à l'homme de peine :

– Forfana, monsieur vous invite.

De nouveau, l'ouvrier déclina l'invitation. Pensant que son refus pouvait être pris pour un affront, il eut un sourire timide à l'adresse de l'homme en face de lui. Il avait un visage anguleux, un nez busqué qu'une légère cassure accentuait. Le long des joues et aux commissures des lèvres, des rides descendaient pareilles à de minuscules torrents. Ses yeux, d'un noir profond, ne pouvaient dissimuler la tendresse et la bonté de son regard. « A n'en pas douter, pensa Marcello, c'est un montagnard ». Les cheveux plantés dru, très bas sur le front, le confortaient dans cette idée.

– D'où êtes-vous, Forfana ?

– Je suis piémontais.

Par expérience, Marcello savait que les gens du Piémont ne sont pas expansifs ; au contraire, des êtres plutôt réservés, secrets, qu'il fallait aborder avec prudence, manipuler avec doigté.

– Vous êtes de la vallée ou de la montagne ?

– De la montagne.

– De quel côté ?

Une lueur d'intérêt traversa le regard de Forfana. Se pouvait-il qu'il rencontrât quelqu'un connaissant son pays ?

– J'aime bien cette région, ajouta

Bertone, mais j'y suis allé trop peu souvent, en dehors des grandes villes.

Forfana se tut, dépité. Son village se situait trop loin, trop haut pour que cet étranger n'en ait jamais entendu parler. Il le nomma quand même :

– Caprice, ça vous dit quelque chose ?

Devant le mutisme de l'autre, il crut bon de préciser :

– Près du Monte Barone.

Apparemment, cela ne lui disait rien et Forfana n'insista pas. Marcello Bertone fit quelques pas, l'air pensif.

– A vous regarder décharger les sacs avec une telle facilité, et Dieu sait pourtant combien c'est difficile, je me posais la question, jusqu'où pourrait-il aller avec cent kilos sur le dos ?

De son comptoir, Antoine envisagea en une seconde la situation et fut le premier à répondre.

– Il traverse la place à coup sûr.

Pignoux sortit sur le trottoir pour mieux apprécier la distance. Immobile, dos au café, il roulait sa lèvre inférieure entre son pouce et l'index, un tic qu'il avait dans ses moments de réflexion. Ses yeux ne quittaient pas sa boulangerie et pendant un court instant, les autres pensèrent qu'il les avait oubliés. Mentalement, il évalua une dernière fois ce que pouvait accomplir Forfana. Il se retourna et, de là où il était, fit connaître sa pensée.

– Avec cent kilos, il va de ma boulangerie à la Bastille.

– Impossible ! cria Antoine.

Après avoir envisagé une nouvelle fois le parcours, Pignoux hocha la tête avec certitude.

– Bien sûr qu'il y va.

– Je te parie ce que tu veux.

Et, saisissant un verre à pied qu'il retourna entre ses deux doigts, Antoine se servit à boire, ces estimations lui donnant chaud.

Marcello voulait connaître l'opinion de l'intéressé. Il s'approcha de Forfana.

– Qu'est-ce que vous en pensez ?

Celui-ci restait étranger à cette discussion. Toutes ces suppositions lui paraissaient absurdes. Aller de la boulangerie à la Bastille n'avait aucun sens puisqu'il faudrait ramener le sac à la boulangerie, là où était sa place. Il eut cette réponse doublement logique :

– De la Bastille à la boulangerie ?... Peut-être... Parce que ça descend.

– Et plus loin ? demanda Bertone, excité.

– Plus loin, je ne sais pas.

“ Parce que ça descend ”, avait dit Forfana et, subitement, Bertone réalisa qu'ils étaient dans le point le plus bas du faubourg, au fond de la cuvette. De l'autre côté, effectivement, ça remontait sec. Et loin même. Jusqu'à la Nation. Ce fut le déclic.

– Et de la Bastille à la Nation ?

– T'es fou ! hurla son frère qui se précipitait sur lui. T'es fou ! C'est impossible. Tu n'imagines pas ce que c'est, y a peut-être trois kilomètres.

Et pour conclure, tendant la paume de sa main, il ajouta :

– Je te parie ce que tu veux.

Imperturbable, ne prêtant aucune conséquence aux appréciations de son frère, Marcello fouillait dans l'une des poches de son gilet. Il en sortit une pièce et la posa calmement sur le zinc, sous le nez du Piémontais.

– Selon vous, c'est impossible ?

Incrédule, Forfana jeta un coup d'œil sur la pièce de monnaie et regarda Bertone. Devant son air ébahi, stupéfait, celui-ci comprit qu'il n'en avait jamais vu, qu'apparemment il ne savait pas ce qu'elle représentait.

– C'est de l'or, crut-il bon de préciser. Un Napoléon !

Superstitieux comme presque tous les joueurs, pour lui c'était un fétiche. Au petit matin, le dos appuyé aux clôtures blanches des haras, les mains enfouies dans les poches de son pantalon, il le tournait, le retournait entre ses doigts, pendant que Talisman et ses compagnons d'écurie, sous des ciels roses et gris, ébranlaient de nouveau la terre, faisant gicler sous leurs sabots des étincelles de rosée.

Forfana découvrait la réalité d'une pièce dont il avait vaguement entendu parler, ayant imaginé en toute logique une monnaie d'une dimension correspondant à sa valeur, comme les billets de banque. Sa surprise était d'autant plus grande qu'elle lui semblait petite. Elle le fascinait tout de même. Sa teinte bronzée, colorée, ses reflets d'or l'hypnotisaient. Il voyait distinctement le profil de l'effigie tournée vers l'éternité et comprenait subitement le sens de l'appellation : Napoléon !

Il aurait aimé la toucher, la caresser, refermer ses doigts sur elle. Emprisonner dans sa main, ne fût-ce qu'un court instant, une tête d'empereur, pour en parler plus tard. L'attrait de la pièce le rendait silencieux, il aurait voulu la prendre mais il n'osait pas. La voix de Bertone le sortit de ses tentations.

– De la Bastille à la Nation. Elle est à vous si vous réussissez.

Tout s'embuait dans la tête de Forfana. Lui à qui l'on payait des salaires de misère, dont le courage, l'énergie, n'étaient pas rémunérés à leur juste valeur. Exploité comme tant d'autres, conscient d'exécuter les travaux les plus pénibles, les billes de bois aux planches énormes étrésillonnées par lui seul, les barriques dansant d'une cuisse sur l'autre descendues dans des caves aux escaliers dangereux comme des précipices, arpentant le quartier, la bricole au cou, tirant de sa voiture à bras des charges monstrueuses, les sacs de Pignoux déchargés gratuitement pour rendre service à un homme diminué, et ce monsieur qui lui proposait une pièce d'or pour n'en transporter qu'un.

Un pari insensé qu'il était pratiquement incapable de réussir mais qui méritait tout de même d'être tenté.

– Quand voulez-vous ? Je peux essayer, dit-il avec une certaine réserve et beaucoup de modestie.

Bertone prit à peine le temps de réfléchir. Après avoir jeté un bref coup d'œil aux deux autres, stupéfaits de la réaction de Forfana :

– Demain, deux heures, à l'angle de la Bastille et de la rue de Charenton. J'apporterai un sac.

Il serra la main du Piémontais, signifiant que l'accord était conclu et qu'il pouvait prendre congé. Sur le point de s'en aller, celui-ci, avec une certaine retenue et beaucoup de timidité, demanda une faveur :

– Je préférerais du blé.

D'un bref signe de tête, Bertone acquiesça.

– Vous aurez du blé.

Une fois qu'il les eut quittés, attelé dans les brancards de sa voiture à bras, Forfana devint subitement perplexe. Il ne pouvait pas y croire. Il eut la désagréable impression de sortir tout droit d'un rêve, prenant conscience d'avoir été dupé. Ces gens s'étaient moqués, s'amusant à ses dépens. Le doute fit place au renoncement. Il n'irait pas au rendez-vous de peur de s'y retrouver seul et de passer pour un imbécile, mais la pièce lui apparaissait avec une telle intensité qu'il aurait pu la toucher, brillante, jetant ses feux, abandonnée sur le zinc du comptoir.

Il éprouva le besoin d'en parler à

quelqu'un de confiance pour se rassurer, lui communiquer ses impressions, relater ce qui s'était passé, afin d'être sûr de ne pas avoir été l'objet d'une mauvaise plaisanterie.

Le cercle de ses relations était restreint, il n'eut pas à chercher longtemps. Une seule personne pouvait l'entendre, le conseiller, éventuellement l'accompagner ce soir après le travail jusqu'au café de la place d'Aligre pour savoir si cette offre était réelle ou non. Natif de sa région, cela suffisait à Forfana pour lui vouer un attachement et une confiance sans bornes. Cet homme s'appelait Angelo Bonetti. Plâtrier, il travaillait à la tâche, à son compte, sans se soucier des horaires, de la fatigue, des douleurs qui lui cramponnaient les reins quand il restait des heures entières les bras levés à enduire des plafonds. Coiffé de son sempiternel mouchoir noué aux quatre coins, il projetait inlassablement le plâtre sur les murs, l'étalait à grands coups de taloche avant de le lisser d'un mouvement circulaire d'un bord à l'autre. Ne prenant jamais de repos, exclusivement motivé par le rendement, synonyme de gains. Assidu des bals de la rue de Lappe, assez beau garçon, ses succès féminins n'étaient pas dus qu'à ses seules qualités de danseur. Il aimait les femmes, et son grand plaisir était de les séduire en les amusant. C'est pourquoi on le voyait souvent sortir du Balajo ou de chez Bouscat en compagnie de superbes créatures, accrochées à son bras, riant plus fort qu'il n'est coutume dans ces quartiers de pénombre.

Bonetti eut du mal à s'infiltrer parmi les gens qui stationnaient dans le bistrot en sirotant l'apéritif. Avec d'infinies précautions, il se fraya un chemin, prenant garde de ne pas heurter quelqu'un ou de renverser un verre dans cette foule du soir, détendue, joyeuse, qui se rafraîchissait.

Tout le long du mur du fond, un miroir piqué, jauni, réfléchissait toute la salle. En plein milieu, une affiche de Gesmar représentant Mistinguett en amazone eut le don de faire rêver Bonetti un instant. Il l'imagina dans ses bras, valsant sous les regards envieux, admiratifs, des musiciens et des habitués du Balajo, peut-être même l'avait-elle sélectionné pour interpréter une danse nouvelle sur les planches du Casino de Paris. Elle l'envoûtait. Les consommateurs agglutinés au comptoir, qui se reflétaient dans la glace près de la chanteuse, le firent revenir à une réalité moins exaltante. Il se faufila, s'accouda au zinc et s'enquit rapidement auprès d'Antoine de la proposition de l'après-midi. C'est à peine si celui-ci prit le temps de le regarder.

– Deux heures à la Bastille, confirma-t-il.

Penché sur le rafraîchissoir en quête de bouteilles fraîches, il n'entra pas dans les détails, trop occupé avec la clientèle qui se pressait contre son comptoir.

Le ton des conversations montait. Une sorte d'ivresse s'emparait de ces gens, qui n'était pas seulement due à l'alcool mais au plaisir de se retrouver entre eux, de partager ce moment de détente, après cette journée torride passée dans les ateliers. Ils trinquaient en parlant de tout et de rien. Cela n'avait guère d'importance. Le brouhaha indescriptible des voix ressemblait au bourdonnement d'une ruche et on gardait l'impression que toutes ces paroles échangées s'interféraient sans qu'on pût en capter une seule.

Dans cette cohue, deux jeunes serveurs s'agitaient avec une adresse inouïe. Leurs plateaux tenus à bout de bras glissaient au-dessus des têtes. Parfois, une légère bousculade en menaçait l'équilibre et les bouteilles haut perchées s'entrechoquaient avec des résonances cristallines.

Il leur fallait pourtant se hâter de servir ceux qui, installés sur le trottoir, tapotaient leur verre sur le marbre des tables pour signifier leur impatience.

Bonetti se retrouva dehors, soulagé de ne plus subir cette ambiance trop bruyante à son goût. Des yeux, il chercha Forfana parmi les groupes disséminés çà et là, qui regardaient jouer à la « morra ». Après avoir fait quelques pas sur la place, il l'aperçut en compagnie d'un homme qui portait un pain sous le bras et qu'à première vue il semblait reconnaître.

Alfred, le toupilleur, un habitué comme lui des bals de la rue de Lappe.

A peine les avait-il rejoints, confirmant le rendez-vous, qu'Alfred mis au courant de l'enjeu, fit savoir qu'ils ne seraient pas trop de deux pour encourager et soutenir Forfana dans son expédition. Qu'il voulait se joindre à eux, attiré par cet exploit qu'en aucun cas il ne voulait manquer. Il lui faudrait trouver une excuse pour Cherrier, son contremaître, mais déjà une idée trottait dans sa tête, un médecin du quartier qu'il connaissait lui établirait un certificat de consultation pour le lendemain après-midi.

Ils s'éloignèrent à travers les attroupements entassés autour des joueurs. De temps en temps, ils les apercevaient dressés l'un contre l'autre comme des coqs de combat. Les doigts surgissaient et les deux adversaires hurlaient des chiffres avec une rapidité telle qu'il était pratiquement impossible de les suivre. Sauf pour les initiés, ceux qui pariaient, que la cadence et la fièvre du jeu échauffaient. Excités, ils vociféraient leurs encouragements avec une violence qui les rendait apoplectiques.

N'étant pas concerné, Alfred les trouva ridicules, durant une fraction de seconde. Pressé d'en revenir à ce qui les concernait, le trio continua son chemin, Alfred expliquant la tactique à employer selon lui pour avoir le plus de chances de réussir.

– Ne te laisse pas emballer, disait-il. Partir lentement, garder des forces pour affronter la montée dans la deuxième partie du faubourg. Tu m'écoutes ?

Forfana approuvait de la tête comme un boxeur docile suit les conseils de son entraîneur.

La voix des employés municipaux résonnait à l'intérieur du marché couvert qu'ils lavaient à grande eau. A travers les grilles des portes, on apercevait leurs cirés qui luisaient, trempés. Dans la bruine qui les entourait, on ne distinguait plus les murs du sol. Tout était lavé, inondé. Le jet des lances giclait, rebondissait sur les étals des poissonniers, des bouchers, projetant des gerbes d'eau qui éclataient pour s'iriser comme des rosaces de feu d'artifice.

L'eau s'infiltrait partout, dans les recoins, retombait en cascade le long des baraques peintes des boutiquiers, ruisselait en une pluie torrentielle dans les rigoles engorgées, charriant les débris, les ordures du matin. Quelques papiers journaux dont on apercevait les photos, accompagnés par des vestiges de fleurs coupées, glissaient inexorablement, emportés par le torrent. Parfois, ils restaient bloqués par le pied d'un éventaire ou une barre d'appui rongée par la rouille. Impitoyables, les jets les délogeaient, les chassaient hors du bâtiment et le flot pouvait enfin s'étaler en vagues mousseuses, saumâtres, rubigineuses, jusqu'au milieu de la rue, et profiter d'un instant de répit avant d'être aspiré par les bouches béantes des égouts.

Tout en regardant le marché dégouliner, Alfred s'inquiéta de trouver un remplaçant pour la demi-journée du lendemain. Pousser des feuillures de portes d'armoire ne nécessitait pas de connaissance particulière. Il préparerait les fers et l'autre se débrouillerait. Il se souvint avoir aperçu un peu plus tôt, au milieu des spectateurs de « morra », quelqu'un qui pourrait peut-être le tirer d'affaire. Il serra vivement la main de ses deux associés et revint sur ses pas.

Les fenêtres et les vitres des lucarnes de la rue Beccaria s'empourpraient sous les effets d'un soleil disparaissant de l'autre côté de Paris et les toits de zinc luisaient comme des pétales d'argent. A l'autre bout de la place, Forfana et Bonetti s'éloignaient, semblant jouer à la marelle, enjambant avec précaution les flaques, les traînées d'eau dans lesquelles se reflétaient les mille et une lumières du soir.

La première surprise de la journée du lendemain fut pour Cherrier, le contremaître. Après la pause de treize heures, il vint jeter un coup d'œil sur le remplaçant d'Alfred qui venait de commencer le travail que celui-ci avait préparé à son intention. Les copeaux giclaient de la toupie et Cherrier attendit que la feuillure soit terminée pour poser une question qui le démangeait.

– Vous travaillez toujours habillé comme ça ?

Vêtu d'un smoking qui n'était pas de toute première fraîcheur, lustré aux coudes, satiné d'usure, un nœud papillon sur une chemise un peu défraîchie, le nouveau venu semblait sortir tout droit de chez le fripier. Les revers de soie et le galon sur la jambe du pantalon ajoutaient à la tristesse du vêtement qui avait trop servi. Pour l'égayer un peu, une fleur dépassait de la boutonnière et un mouchoir de la poche poitrine en guise de pochette. L'homme posa tranquillement la porte contre une autre déjà faite et demanda avec une certaine malice :

– Pourquoi, y a une tenue spéciale pour travailler ici ?

Devant le mutisme de Cherrier, il ajouta :

– Je remplace un artiste, je me suis habillé en artiste.

Au même moment, place de la Bastille, Alfred aidait Bonetti à descendre le sac de blé de l'Hispano-Suiza. D'une élégance raffinée dans un tissu anglais non doublé, les mains enfouies dans un gilet fantaisie, Marcello Bertone contemplait Forfana concentré, tête baissée, qui attendait patiemment.

Assise à l'arrière de la décapotable, le chapeau cloche enfoncé jusqu'aux yeux, Adèle, la danseuse de chez Pacra, suivait l'opération d'un air indifférent. Vêtue d'une courte tunique blanche profondément décolletée dont la jupe couvrait à peine les genoux, elle croisait ses longues jambes gainées de bas couleur chair et son soulier à haut talon tapotait la séparation de la voiture avec une légère nervosité. Tout en extirpant le sac, Bonetti ne la quittait pas des yeux, fasciné par le balancement de la jambe. Une luminosité d'un éclat extraordinaire envahissait la place. D'un geste d'une indolence calculée, elle ouvrit son ombrelle pour s'abriter du soleil et du regard de l'Italien.

Forfana regarda le sac déposé à ses pieds, ce fardeau qu'il allait devoir soulever, transporter en un lieu qui lui paraissait maintenant, devant la réalité de la distance, quasiment inaccessible. Immobile, figé, ne prêtant aucune attention à ses deux compagnons d'aventure, il entendait profiter un instant encore de cet ultime moment de repos, sachant très bien qu'une fois qu'il l'aurait empoigné, l'histoire ne se répéterait pas, qu'elle suivrait son cours et qu'il faudrait souffrir.

Recueilli, il le fixait, le jaugeait, semblant statufié devant le ballot inerte. En pensée, il le soupesait, cherchant à en atténuer le poids, se remémorant son père grimpant avec des charges plus lourdes sur des échelles bancales dans les greniers du Piémont.

Il l'agrippa avec une souplesse et une rapidité incroyables, plia les genoux, l'amena contre sa cuisse, le fit riper sur son épaule et, prenant appui sur les deux jambes, se redressa de toute sa hauteur en un seul et même mouvement. D'un coup de reins, il le cala afin que le grain se tasse pour épouser la forme de son dos. Après avoir répété ce même geste plusieurs fois, assuré de la stabilité du sac niché contre sa nuque, il se mit en marche, pressé d'en finir.

Marcello Bertone le vit s'éloigner de ce pas qui l'émerveillait. Il vint s'asseoir près d'Adèle à l'arrière de l'Hispano et ordonna au chauffeur de suivre l'homme, flanqué de ses deux acolytes, qui s'engageait dans le faubourg Saint-Antoine.

A la hauteur de la rue de Citeaux,

juste avant de dépasser l'hôpital Saint-Antoine, Forfana éprouva le besoin de s'arrêter, la chaleur l'étouffait. Il s'adossa contre un pan de mur, le sac de blé sur ses épaules semblait lui servir d'oreiller.

Bonetti s'approcha.

– J'ai soif, dit Forfana.

Surpris, rageant mentalement de ne pas s'être muni d'une quelconque boisson pour le désaltérer, Bonetti eut à peine le temps de tourner la tête pour voir Alfred disparaître en courant vers le carrefour de la rue Crozatier. Il se précipitait vers la brasserie Metz qu'il fréquentait souvent. Attirés par l'événement, la plupart des garçons de restaurant étaient venus jusque dans la rue pour surveiller de loin la progression du Piémontais. Alfred les connaissait tous par leur prénom. Il les croisa sans s'arrêter et pénétra dans la brasserie. Assis à califourchon à l'entrée de son établissement, Anselme, le patron, l'arrêta net. Il tenait à s'enquérir de l'état de Forfana, à s'informer de ses chances de succès.

– Alors ? dit-il.

Façon sournoise, pensa Alfred, de

savoir si on fêterait l'exploit. Eh oui ! Des fois que le grand Giuseppe ait l'idée d'aller planter le sac entre les colonnes de la Nation, la recette, ce soir, ne serait pas la même. Alfred n'avait pas de temps à perdre, ni l'envie d'entrer dans les détails, le temps était compté, il fallait aller vite.

– T'as une louche ?

Anselme se leva pesamment et se dirigea vers le bar à la recherche d'une louche.

– ... une louche et un récipient avec un peu d'eau.

Le temps qu'il ouvrît plusieurs placards à la recherche d'un récipient, Alfred eut un coup d'œil pour les parents d'Anselme, accrochés au-dessus du comptoir dans leurs cadres ovales aux moulures énormes. De profil, dans leurs habits de mariage, ils semblaient se regarder pour l'éternité. Alfred, qui les avait connus, eut l'impression que pour une fois ils se désintéressaient de ce qui se passait dans le faubourg. Il prit appui sur le comptoir, tendit le bras vers un seau à champagne.

– Donne-moi ça.

Comme l'autre le regardait, ahuri, excédé, il ajouta :

– Donne-moi ça avec un peu d'eau. Vite. Je suis pressé.

Apercevant une éponge sur un des plateaux qui traînaient sur le comptoir, il s'en saisit à la dérobée.

Forfana lapa plutôt qu'il ne but dans la louche qu'Alfred lui tendit avec d'infinies précautions, le sac coincé sur l'épaule l'empêchait de se redresser sous peine de perdre l'équilibre. Il murmura, après une dernière gorgée :

– Ça ira. Je pensais pas qu'il ferait si chaud.

Sa main droite remonta à la hauteur de sa hanche, calant le sac une nouvelle fois. Certain de son équilibre, il reprit calmement sa marche dans la montée du faubourg.

Dans les ateliers, les apprentis n'arrêtaient pas de faire la navette afin de colporter la nouvelle. Quand on apprit que Forfana, ayant passé l'hôpital Saint-Antoine, avait parcouru la moitié du chemin, quelques compagnons pensèrent avec amertume qu'ils allaient rester en dehors d'une histoire dont ils regretteraient plus tard de ne pas avoir été les témoins. Cette réflexion changea soudain leur état d'esprit. La curiosité l'emporta sur la pusillanimité.

Par peur de manque de travail, ils avaient subi pendant des années les brimades des contremaîtres, leur discipline de fer. Ils n'avaient jamais osé se rebiffer contre leurs jugements iniques, leurs décisions arbitraires. Le moment était venu de prouver quelque chose, d'accomplir un geste gratuit, un acte de liberté. Les circonstances s'y prêtaient. Une sorte de fête risquait de naître spontanément dans le faubourg, ce n'était pas un péché de vouloir y participer. Le grand Heurtault posa l'outil avec lequel il travaillait. En un tournemain, il débarrassa l'établi de ce qui l'encombrait. Les ciseaux, la râpe glissèrent dans le râtelier, l'équerre disparut à l'intérieur du tiroir, suivie du marteau, du papier de verre. Il libéra le morceau de bois des clous de la griffe, d'un coup de maillet enfonça la griffe à fleur de table, jeta le maillet en bas de l'ébali rejoindre la varlope et les rabots. D'un geste lent, il dénoua la ficelle qui lui enserrait la taille et enleva son tablier. Il le plia posément, souleva sa casquette, s'en servit pour épousseter ses bas de pantalon rendus cotonneux par la poussière de bois, se recoiffa. Les mains dans les poches, un court instant, il regarda l'atelier et en fut tout surpris.

Il suffit que quelqu'un n'accomplisse

plus les gestes quotidiens auxquels vous êtes habitué pour que, sans même le voir, vous le perceviez. Rumeur différente ? Absence de bruits, un équilibre rompu qui change l'ordonnance des choses ? Question d'ondes, peut-être ?

Albert Lavisse ponçait les pieds cannelés d'un meuble d'appui. Il se retourna, sentant quelque chose d'inhabituel. Heurtault n'avait pas bougé, contemplant ses camarades, le dos rond devant leurs établis, appliqués, silencieux. Cet atelier dans lequel il vivait tous les jours, il eut conscience de le découvrir pour la première fois. Bizarrement, Heurtault éprouva un sentiment de honte, l'impression d'être un voyeur, un joueur laissant choir son équipe pour s'installer sur les gradins.

Lavisse comprit immédiatement. Le grand Victor débrayait. D'un geste machinal, il caressa les cannelures qu'il venait de poncer, souffla dessus, de haut en bas. Sa main glissa de nouveau le long des pieds, dans le sens du bois, puis à contre-fil avec une délicatesse amoureuse. Satisfait, il pensa que le bronzier qui ornerait ce meuble devrait l'être aussi.

Il jeta son papier de verre usagé dans le tiroir de l'établi, s'épousseta, tout en se tournant vers un minuscule morceau de miroir fixé par deux pointes à une poutre.

« Vos cheveux ondulés font penser à Mermoz », lui avait dit une fille un jour. Depuis, il restait toujours tête nue. A l'idée de quitter l'atelier en plein milieu d'après-midi, d'accomplir un geste d'une telle gravité, il entendait remettre un peu d'ordre dans sa chevelure. Il sortit un peigne et, avec énormément de soin, refit les crans dont il était si fier.

– Vous vous foutez du monde ?

Dans sa longue blouse grise, le béret noir vissé très bas sur la tête, Cherrier, le contremaître, apparut de l'autre côté de la poutre, en plein milieu de l'allée. Lavisse ne sut que répondre. Des années de silence, de mutisme, n'étaient pas le meilleur moyen d'acquérir le sens de la répartie. Il entendait son cœur cogner contre sa poitrine.

L'autre insista, faisant tourner un

grand crayon rouge entre le pouce et l'index.

– Se peigner pendant le travail, vous savez ce que ça coûte ?

– Mais... je ne travaille pas...

Cherrier ne lui laissa pas le temps de finir sa phrase :

– C'est justement ce que je vous reproche.

– Je sors, dit Lavisse d'une voix mal assurée.

– Nous sortons !

Le vieux contremaître se retourna comme un chien prêt à mordre. Heurtault venait de prendre ses responsabilités et avançait dans l'allée. Le dos tourné à la porte qui menait sur la galerie, Cherrier se sentit piégé. Sortir le crayon rouge et le carnet à élastique dans lequel tout était consigné, faire comprendre à Lavisse qu'il ne pouvait s'en aller qu'en passant par la caisse était facile. Mais le dire maintenant aux deux ouvriers rangés devant lui devenait beaucoup plus compliqué, voire dangereux. Heurtault et Lavisse représentaient ce que l'on fait de mieux en ébénisterie, rompus à toutes les disciplines, marqueterie, placage, capables même d'être inventifs par rapport aux projets qu'on leur soumettait.

Que diraient les patrons en apprenant qu'il les avait congédiés ? Il hésitait. Heurtault savait ce qui se passait dans la tête de Cherrier. Pour ne pas afficher trop de superbe et humilier le vieux en passant devant lui sans un mot, il crut bon de dire :

– On la rattrapera cette demi-journée... le soir... un dimanche.

– Dimanche, c'est fermé, répondit Cherrier d'une voix sourde.

Lavisse eut un sourire.

– Ah non ! Pas dimanche... quand vous voulez, mais pas dimanche. J'ai ma femme, les gosses... Le dimanche, c'est sacré. Tous les autres jours, quand vous voudrez !

Et, comme une boutade, il ajouta à l'adresse du contremaître :

– Je vous ferai même une heure en plus, gratis.

A travers les baies vitrées, le soleil projetait de grands cônes de lumière. Des myriades de grains de poussière y dansaient comme des paillettes d'or. Tout était figé, immobile. L'atelier, suspendu, ressemblait à un théâtre d'automates dont brusquement le mécanisme se serait arrêté.

Doucement, de profil, Heurtault se glissa entre Cherrier et un établi. Sans précipitation, il se dirigea vers la porte vitrée, l'ouvrit, attendit Lavisse. Quand celui-ci l'eut rejoint, ils la refermèrent avec d'infinies précautions, évitant de profaner le silence lourd, impénétrable, de ces lieux où flottait une forte odeur de colle.

La saleté des vitres empêchait Cherrier de les voir descendre le grand escalier menant au rez-de-chaussée. Après un moment qui lui sembla une éternité, il sortit à son tour et s'avança sur la galerie, juste pour les apercevoir au bout de la cour ensoleillée entrer dans l'ombre du passage traversant l'immeuble, leurs deux silhouettes se découpant en ombres chinoises sous la voûte du porche, avant d'apparaître en pleine lumière dans le faubourg éclatant de blancheur sous le soleil d'été.

Au loin, un carillon sonna le quart.

Les mains derrière le dos sur la galerie du premier étage, Cherrier se demanda comment revenir dans l'atelier. Il sentait bien tous ces regards l'épier, ce qui le fit penser à ses débuts, quand il s'était présenté comme contremaître. Tellement préoccupé par la décision qu'il devait prendre, il n'entendit pas sortir Remiremont. Il le vit dans l'escalier, bondissant de marche en marche. Cherrier n'eut même pas le réflexe de lui crier de revenir, que c'était interdit, qu'il serait renvoyé. Remiremont le Breton, qui adorait les combats de boxe, se précipitait dans le passage. Il avait manqué le début du spectacle, il entendait en voir la fin.

– Je vieillis, murmura Cherrier en passant sa grosse main rugueuse sur son visage.

En un quart de siècle, il n'avait jamais vu ça. Ce qu'il ne pouvait soupçonner, qui l'aurait peut-être aidé à supporter ce coup du sort, cette atteinte à sa fonction, cette humiliation publique, c'était l'ambiance des petits ateliers.

Beaucoup d'entre eux se situaient en

étage dans des maisons aux escaliers en colimaçon, à la pente si raide qu'il fallait, pour ne pas tomber, s'accrocher à une corde en spirale qui serpentait le long d'une colonne centrale. L'immense majorité des gens travaillant dans ces greniers, ces mansardes, était d'origine italienne. Ils avaient émigré, les uns pour ne pas subir le fascisme, les autres pour échapper à la misère. Ils avaient fui les pentes montagneuses de leur enfance où s'accrochaient quelques lopins de terre dont les taches disséminées çà et là suffisaient à peine à nourrir les bêtes. Comment auraient-ils pu avoir le sentiment de s'en sortir dans ces monts arides où l'on n'accédait qu'à pied, dans la solitude de quelques maisons de torchis nichées frileusement autour d'un campanile ?

« Vous habitez où habitent les aigles », avait dit un capitaine de bersaglieri à une nouvelle recrue descendue de ces villages. « La terre doit appartenir à qui la travaille », avait écrit Mussolini. Mais quelle terre ? La terre, elle appartenait aux propriétaires, aux possédants. Eux, ils n'avaient pour toute richesse que quelques champs le long des sentes cahoteuses et leur courage. Ils n'étaient pas magiciens.

Amoureux de leur région, de leur pays, il leur fallut partir par nécessité ; les plus audacieux avec leur famille, les autres seuls, espérant à force d'économies, de privations, se faire rejoindre un jour à Paris par ceux qui restaient.

Ils furent économes, âpres au gain. Dans les premiers temps de leur arrivée, ils partageaient des chambres à louer où ils s'entassaient parfois à cinq ou six pour réduire les frais. Soucieux d'économiser encore davantage, ceux qui travaillaient en étage chez les artisans, vécurent au pied de leur établi, couchant, mangeant parmi les copeaux.

C'étaient les mêmes qui, quelques années plus tard, faisant fi des lendemains qui se régleraient d'eux-mêmes : renvois, mises à pied, débouchaient des maisons aux dangereux escaliers pour se précipiter à la suite d'un de leurs compatriotes dont ils venaient d'apprendre le fabuleux pari. Ils affluaient des cours mal pavées, des rues avoisinantes, se précipitant dans des ruelles tortueuses aux façades torses, bombées, le long de masures aux bedaines proéminentes, qui les faisaient pencher dangereusement, rétrécissant le ciel entre les toits.

Ils s'en allaient grossir la horde des suiveurs. Cela ne se passait pas sans heurts, les derniers arrivés ne voyaient pratiquement rien ; ils n'avaient pas débrayé avec les risques que ça comportait pour se retrouver en queue de cortège. Ils voulaient voir eux aussi, la fièvre les gagnait. Les plus curieux, les plus empressés, couraient sur le trottoir opposé à Forfana, cherchant à se propulser au niveau des hommes de tête. Arrivés à cette hauteur, les plus dégourdis se rabattaient doucement, essayant négligemment de se mêler à ceux des premières lignes. Il s'ensuivit des bousculades, on échangeait des coups de pied, des coups de poing et surtout des insultes. Experts en ce domaine, ils s'insultaient copieusement en français, en italien et aussi en patois.

Le trafic était devenu difficile. Cette foule, débordant des trottoirs, avait envahi la chaussée, obligeant les charretiers à retenir leurs attelages. L'encolure pleine d'écume, les chevaux piétinaient, faisant craquer comme du bois fendu les grandes roues jantées. Rendus nerveux par ce ralentissement, les automobilistes mécontents actionnaient leur avertisseur sous les lazzis et les injures des ouvriers qui déambulaient en riant.

Tout était encombré. Le soleil implacable inondait de lumière le faubourg Saint-Antoine et les façades des maisons tremblaient, semblables à des mirages dans la chaleur étouffante de ce début d'après-midi.

Quelques privilégiés, à l'abri des bannes tendues au-dessus des terrasses des brasseries, profitaient de l'ombre en se rafraîchissant, indifférents à ce remue-ménage, dérangés seulement par le va-et-vient incessant des apprentis en espadrilles qui se faufilaient entre les tables sans se soucier du désordre qu'ils y créaient.

Forfana a ralenti la cadence. En voulant le soulager, les suiveurs les plus proches glissent leurs mains sous le sac et, de ce fait, l'obligent à accélérer l'allure au risque de le précipiter en avant et de le faire chuter.

Lui ne veut pas qu'on l'aide. Au prix d'un effort colossal, il s'arc-boute. Comme un schlitteur freine son traîneau pour ne pas être emporté par la vitesse, il essaie de retenir cette masse qui le pousse en avant, au point de le déséquilibrer.

Antoine et Bonetti hurlent aux gens de reculer. La poussée est trop forte, le flot avance sans se soucier d'eux. Alors Forfana trouve le seul moyen de les arrêter. Il s'adosse au mur d'une maison, bloquant toute progression. Reprenant son souffle, il les laisse s'approcher en arc de cercle. Le sac calé sur ses épaules, ses mains cherchent ses reins, essayant de chasser cette douleur qui le tenaille et l'oblige à se courber chaque instant davantage. La tête penchée vers le sol, il ressemble à une haute statue antique. Alfred en profite, lui éponge le front, lui rafraîchit le visage.

Ceux des premiers rangs, fascinés par tant de résistance, l'encouragent, le pressent de continuer. Doucement, Forfana se redresse, regarde intensément la foule qui subitement se tait. Il montre le sac et la met en garde.

— No si tocca. Lo porto io *.

— On ne touche pas au sac, reprennent en chœur Bonetti et Alfred. On n'y touche pas.

Ils sont tous là devant eux, muets, penauds, comme des enfants pris en faute.

Rassuré par cette mise en garde, For-

* On n'y touche pas. Je le porte, moi.

fana, de sa main libre, fait signe à la foule de s'écarter. On se bouscule, les gens reculent pour le laisser passer, soulagés qu'il continue. On l'applaudit même. Lui reprend sa marche, seulement préoccupé par ce qui reste à parcourir.

Au carrefour Faidherbe-Chaligny, avec les derniers arrivants, les parieurs se faufilent, cherchant de nouveaux clients. Les paris grimpent, les cotes changent. On se tape rapidement dans la main. Six contre un. Tope là. Marché conclu.

Dans les grands ateliers où les enjeux restent ouverts, ceux qui travaillent s'en tiennent aux informations des apprentis-émissaires.

– Je ne vois pas ce qu'il y a de passionnant à voir ce type...

Protégée du soleil par son ombrelle japonaise, Adèle, la danseuse de chez Pacra, ne cache pas ses sentiments. A l'arrière de l'automobile, le bras posé sur la portière, dans son ensemble blanc, elle s'ennuie mortellement.

Quand Marcello Bertone lui a proposé une balade, elle pensait qu'il l'emmènerait au Bois, ou dans les guinguettes des bords de Marne, danser et boire du vin blanc. Pas une seconde, elle n'aurait pu imaginer qu'il viendrait la chercher pour suivre cette lente procession au milieu de cette populace débraillée et criarde.

– Ça ne t'intéresse pas ?

– Pas le moins du monde. Pour ne rien te cacher, j'aimerais mieux être à Champigny, au bord de l'eau. Il doit y faire plus frais.

– Tu ne vas pas me demander de rater la fin. Le dénouement, c'est ce qu'il y a de plus beau.

– On te communiquera le résultat.

– Non, dit-il avec un sourire, je veux voir l'arrivée.

Soudain, elle comprit ce qui suscitait son intérêt. Elle le connaissait peu mais suffisamment.

– T'as joué de grosses sommes ?

Il acquiesça et sortit un cigare de son étui.

– T'as parié qu'il n'y arriverait pas ?

Il prit le temps d'allumer son cigare et d'en savourer la première bouffée.

– Au contraire, j'ai parié qu'il irait

jusqu'au bout.

Des cris et l'agitation subite sur le trottoir le firent se dresser dans la voiture.

– Peut-être que je me suis trompé.

Les gens ne se contentaient plus de suivre Forfana. Ils le précédaient, marchant à reculons devant lui, l'exhortant. Toute cette foule l'étouffait. Il manquait d'air, aurait voulu être seul. Au lieu de l'aider, toutes ces personnes gravitant autour de lui ne faisaient que lui compliquer une tâche rendue titanesque par cette chaleur de plomb.

Une vague ondulante venue de l'arrière précipita les premiers rangs dans son dos, lui faisant perdre l'équilibre. Forfana effectua quelques pas à grandes enjambées, essayant de se redresser, les genoux disloqués telle une marionnette dont on aurait lâché les fils.

Un cri de stupeur s'éleva des poitrines. Tous crurent qu'il allait s'écrouler dans cette folle embardée, anéantissant leur rêve de victoire. Pour quelqu'un qui portait cent kilos, il eut un réflexe étonnant, se projetant presque à l'horizontale contre un mur de briques jaunes. La rumeur fit place au silence, à la gêne. Coupables de lui infliger cet effort colossal, mal à l'aise, les gens regardaient avec admiration cet homme, le dos tourné, arc-bouté sur ses bras tendus comme des vérins, qui ne voulait pas tomber.

Il resta prostré, dans un état d'épuisement extrême, la respiration saccadée, haletante, soulevant sa tête au rythme de sa poitrine. Il ne sentait même plus le sac. A force de marcher, de descendre et monter les trottoirs, il n'existait plus de différence entre son dos et le sac qui était devenu une partie de lui-même. Il subissait la réaction du fantastique coup de reins qu'il venait de produire et qui, subitement, lui enlevait toute énergie, le laissant sans jambes et sans forces.

Une voix s'éleva dans le lointain :

– Siamo con te *.

C'est vrai que c'était pour eux aussi qu'il se battait contre lui-même. Pourtant, il ne repartait pas. Cet homme docile, qui avait obéi toute sa vie, ce

* Nous sommes avec toi.

journalier, ce besogneux qui s'accommodait des tâches les plus rudes dans l'anonymat le plus complet, cet homme de peine comme on les appelait, cet homme allait renoncer. Bonetti comprit tout de suite que ça n'était pas pour repartir qu'il pivotait mais pour faire choir le sac et signifier son renoncement. D'un bond, il se jeta contre le mur, s'y adossa et se laissa glisser de façon à ce que sa tête fût plus basse que celle de Forfana. Maintenant, il voyait les grosses gouttes de sueur dégringoler le long du visage de son compatriote, hésiter à la pointe du menton pour finalement s'écraser sur son propre pantalon. Bonetti fit glisser l'alliance retenant les deux pans de foulard qu'il portait au cou. Avec une délicatesse que seuls connaissent les habitués du " Petit Panier " quand il prenait doucement la main des femmes pour les accompagner sur la piste de danse, il essuya le visage douloureux penché au-dessus de lui.

Immobile, cherchant des profondeurs l'énergie suffisante pour se redresser, Forfana sentit la caresse du foulard. Les yeux embués de sueur, il vit Bonetti accroupi.

– No posso piu *, murmura-t-il.

Bonetti, qui sentait ce qu'allaient être l'amertume, la déception de cette foule, chercha rapidement des paroles d'encouragement pour le stimuler, l'inciter à continuer.

– Giuseppe, pense à ce qu'ils diront là-bas au Piémont quand on leur racontera l'histoire. Elle sera toujours déformée par les uns et les autres, mais une chose est certaine, quelle que soit la façon dont on la racontera, si tu t'arrêtes maintenant, t'auras toujours perdu.

Forfana le fixait, donnant l'impression de ne pas l'entendre.

Devant le désarroi de son ami, proche de l'abandon, Bonetti ne voulait pas capituler. Après un court instant de réflexion, il eut un trait de génie. Le chauvinisme servant toutes les causes, il en usa comme le fouet pour les chevaux.

– Forza Giuseppe... Forza Italia !

Formule magique fonctionnant depuis

* Je peux plus.

des siècles.

Forfana pensa à l'Italie, aux terres piémontaises où il ferait bon se retirer pour y goûter le soir dans les vergers ce petit vin rosé fabriqué en famille. Le soleil lui apparut à son couchant, inondant d'une lumière ocrée tous les coteaux de sa jeunesse. Dans les vignobles, des visages connus tâtaient les raisins dorés sans se soucier du drame dont il était l'objet.

– Forza Italia, répéta doucement Bonetti.

Les yeux mi-clos, Forfana écoutait. Les gouttes de sueur dégoulinaient toujours, éclatant sur la cuisse du plâtrier en rosaces humides. Bonetti essuya de nouveau le visage de son compatriote et Alfred lui tendit la louche pour qu'il se désaltère. Sa respiration haletante l'en empêchait et il trempa juste ses lèvres pour les humecter.

Toujours accroupi, Angelo Bonetti hésitait à se relever, craignant de rompre ce fil ténu de connivence, d'amitié, qui par miracle les conduirait peut-être là où ils rêvaient d'aller.

Alfred remit la louche dans le seau, la faisant glisser sans bruit.

Ils échangèrent un regard tendu, anxieux, sachant ce qu'endurait leur compagnon, son degré de fatigue, son extrême lassitude, son combat intérieur contre tous les démons qui le tentaient d'abandonner.

N'ayant plus d'arguments, ne sachant plus qu'inventer pour le convaincre, Bonetti se mit à sourire. D'un sourire d'enfant plein de douceur et d'espérance qui vous engage à ne pas arrêter le jeu, mais à le prolonger encore un peu pour le plaisir.

Forfana entendait cogner son cœur. Semblable à un taureau appuyé contre la *barrera* qui hésite avant de charger une ultime fois cette muleta qu'il n'arrive pas à encorner, il respira profondément et, sans quitter Bonetti des yeux, d'un imperceptible mouvement de tête, lui fit comprendre qu'il repartait. Et, pour se conforter dans l'idée qu'il continuait, il murmura :

— Andiamo ! *

* Allons-y !

Comme si le fait de prononcer ce simple mot lui donnait des forces nouvelles pour réussir.

L'agitation de la foule précédait l'événement. En dehors de Bonetti et d'Alfred, personne n'avait entendu Forfana. Pourtant, l'intuition de ces gens agglutinés sur le trottoir leur avait fait prévoir qu'il continuait avant même qu'il n'ait esquissé le moindre geste pour se redresser.

Enfonçant le bout de son ombrelle dans les reins de Bertone, debout dans sa décapotable, Adèle s'inquiétait de la suite.

– Alors, qu'est-ce qu'il fait ?

Bertone s'en remit au jugement de la foule.

– Je crois qu'il continue.

Rassuré par le mouvement des badauds qui s'ébranlaient doucement, lui confirmant que le Piémontais persévérait, il se retourna et vint s'asseoir près d'elle.

– Mais pourquoi ?

– Pour l'honneur, répondit-il, lui posant la main sur le genou. C'est plus important que le Napoléon.

Tirant sur son cigare, il ajouta à l'adresse du chauffeur :

– Allons l'attendre à la Nation.

Quand Forfana déboucha sur cette place qui se prélassait au soleil, il vit son ombre projetée devant lui démesurément agrandie. Tout était figé, les commis, les hommes de peine tirant les voitures à bras, les cochers et leurs attelages, les piétons aux silhouettes irréelles suspendues dans cette brume laiteuse comme les personnages d'un pastel.

Son premier réflexe fut d'aller déposer son fardeau entre les colonnes de la Nation, geste symbolique de l'athlète franchissant la ligne d'arrivée. Il en avait envie ; après avoir ébauché quelques pas, il n'en eut plus la force. Maintenant qu'il les voyait si proches, elles devenaient inaccessibles ; le pari gagné, tout son corps refusait de se plier une ultime fois à sa propre volonté, incapable d'un dernier effort, à tel point qu'il ne chercha même pas à déposer le sac calé sur ses épaules. Il appliqua les deux mains de chaque côté de son dos comme si, par un quelconque magnétisme, elles pouvaient chasser cette douleur lancinante qui lui tenaillait les reins. Il se cambra, la nuque rejetée en arrière afin de se libérer de ce poids, de cette charge obsédante et de toute sa hauteur laissa choir le sac qui s'éventra, libérant les grains de blé qui rebondirent dans les rigoles et les caniveaux. Il se sentit subitement si léger qu'il eut l'impression que ses pieds ne touchaient plus terre, recevant de dos la clameur énorme, immense, jaillissant de toutes ces poitrines, qui saluait son exploit. La foule en liesse laissait exploser sa joie, heureuse de la victoire de l'un des siens. Des cris frénétiques accompagnaient les chapeaux, les casquettes que les compagnons, enthousiastes, lançaient en l'air dans l'exaltation du moment. C'était la fête, il fallait en profiter. Ils se précipitèrent sur Forfana pour le féliciter.

Un peu plus loin, Bertone, debout sur le marchepied de son automobile, applaudissait, tentant de se faire voir de Forfana, voulant l'inviter à venir chercher cette pièce d'or qu'il avait si bien gagnée, qu'il aurait tant aimé lui remettre devant tout le monde. Peine perdue, la masse compacte ne lui permit pas de se frayer un passage, tous ces gens voulaient profiter de l'instant, le savourer, en jouir pleinement, comme ces bonheurs sans tache qu'ils connaissaient parfois, le dimanche, au bord de l'eau quand, après la sieste, tout avait été parfait, la femme contente et les enfants tranquilles. Ou mieux encore, quand sous l'impulsion du menton, une main derrière le dos, ils entraînaient leurs partenaires dans des valses et des javas de rêve sur les parquets cirés des bals musettes au son de l'accordéon.

Bras dessus bras dessous, ils se mirent à danser spontanément, entonnant des chansons de leurs régions. Dans ce tourbillon de gens qui se congratulaient, le flot souleva Forfana sur les épaules des plus costauds. Chacun voulait l'approcher, le toucher, prendre sa main, lui faire comprendre qu'on ne l'avait pas quitté, fidèles jusqu'au bout, qu'ils étaient fiers de lui. Ceux qui ne pouvaient venir plus près l'appelaient, levant le bras pour qu'il les reconnaisse.

Des arpètes arrivant de Montreuil ou de Vincennes, sur le point d'engager leur voiture à bras dans la descente du faubourg, les plantaient là pour se mêler à l'agitation générale, imités par les livreurs dont les chevaux, retenus sous cette chaleur accablante, piaffaient d'impatience.

Ce soir, dans les brasseries, tout autour des cafés, aux comptoirs des bistrots, on raconterait l'histoire pour la prolonger, l'embellir, se remémorant cette longue balade de trois kilomètres, n'oubliant aucun détail ; puis samedi soir et dimanche, au bal et dans les guinguettes, on échangerait encore des commentaires sur cette journée pas comme les autres et plus tard, quand la mémoire n'aurait plus que quelques images à sa disposition, il ne resterait de cette lente procession qu'une fontaine découverte au coin d'une rue dans une niche dont on ne soupçonnait pas l'existence, et un ou deux visages familiers entrevus au milieu de la foule.

Toujours juché au-dessus de ces ouvriers fous de joie qui scandaient son nom, Forfana, homme modeste dont l'humilité s'accordait mal de cette exubérance populaire, ne put s'empêcher de trahir son émotion. Il s'essuya les yeux avec les paumes de ses mains et sentit les larmes mélangées à sa sueur.

Devant ce visage caché dissimulant sa timidité et son trouble, les cris redoublèrent :

– Forfana !... Forfana !

Le Piémontais fit un suprême effort pour se reprendre, masquer sa pudeur, répondre par un sourire à ces gens qui l'acclamaient. Un peu plus loin, il aperçut Alfred et Bonetti, ses deux compagnons de route qui riaient, agitant les bras, l'invitant à se détendre, à partager cet instant exceptionnel. D'un geste de la main, il les salua en signe d'amitié, de reconnaissance. Près d'eux, semblable à la dépouille d'un animal, le sac gisait par terre, le ventre ouvert, oublié.

Forfana rejeta la tête en arrière, les yeux au ciel, respirant profondément pour libérer sa poitrine.

Les oiseaux piaillaient de façon aiguë, tenant conseil, volant dans tous les sens.

Il les suivit du regard, juste pour en voir quelques-uns se détacher, passer très haut entre les colonnes de la Nation et se diriger vers le sud, comme des messagers.

LE VÉLODROME

Elles étaient apparues brusquement, presque sournoisement, comme issues de la nuit sur les murs de la ville, les affiches intimant l'ordre à tous les propriétaires de véhicules de se présenter dans les plus brefs délais devant les autorités compétentes afin de recenser le parc à voitures.

Quiconque enfreignait cet avis s'exposait à des poursuites.

Dans les jours qui suivirent, de longs cortèges en tous genres défilèrent sur les places publiques, dans les cours des casernes, sous l'œil de militaires installés sur des estrades de fortune, où ils inscrivaient scrupuleusement les ordres de réquisition.

Assis au bout de la table dans notre cuisine, mon père fulminait contre l'état-major français qui utilisait ces véhicules particuliers pour expédier des renforts de troupes. Qu'on ait envisagé de renouveler l'expérience qui avait rendu célèbres les taxis de la Marne révélait pour lui le peu d'imagination des responsables du Haut Commandement, dont les évidentes lacunes dans la préparation de la guerre les faisaient recourir à des initiatives qui avaient fait leurs preuves un quart de siècle plus tôt pour sauver la France.

J'avais dix ans et je lui donnais raison. D'autant plus que, dans le lot des automobiles réquisitionnées, figurait la Chenard et Walker de mon oncle, celle-là même, qui, après maintes péripéties, nous emmenait mes cousins et moi, chaque année au mois d'août, goûter les bienfaits du grand air sur les remparts et les plages de Saint-Malo.

Il me paraissait alors plus important de l'utiliser pour des pique-niques le long de la côte bretonne plutôt que d'y entasser des pioupious et de les envoyer en première ligne. Je pestais de ne plus remonter dans cette voiture dont Dieu sait pourtant si, à chaque voyage, l'odeur des coussins de velours gris et l'huile chaude du moteur me donnaient mal au cœur.

Pourquoi avait-il fallu que cette année à la fin des vacances, je m'attarde davantage en haut des marches de l'escalier menant à la Porte Saint-Pierre ? C'était bien de cette plage-là que me parvenaient encore les cris et les rires stridents de mes camarades dont les parents ne partaient pas et leur donnaient ainsi la chance de prolonger ces instants privilégiés ; courir sur le sable, gendarmes et voleurs à la recherche de cachettes introuvables se faufilant entre les toiles des tentes que la brise faisait claquer.

Pressentiment ?... On parlait de mobilisation générale, de guerre, ce qui n'évoquait pas grand-chose pour moi, sauf de me priver à coup sûr de revoir Aspartagus, le Parisien, blondinet joufflu, dans son maillot blanc tricoté, le seul d'entre nous capable d'exécuter le saut de l'ange du haut du grand plongeoir.

Même chose pour Meunier, le myope, voué au rôle de gendarme par le choix d'un tirage au sort dont nous nous arrangions pour qu'il lui soit défavorable. Il s'en accommodait à merveille, toujours avec le sourire. Il connaissait tous les recoins, les caches des remparts de cette cité dont il était natif. Poursuivant inlassablement les voleurs depuis le môle jusqu'à la tour Bidouane, il ne s'arrêtait que pour son quatre heures qu'une servante gardait à l'abri d'une tente dans un grand panier d'osier.

Tapis dans notre repaire, le massif de fusains qui surplombait la plage, nous profitions de cette trêve pour reprendre notre souffle après ces courses harassantes où nous nous étions amusés à leurs dépens. Il nous fallait subir alors, juste retour des choses, le goûter de nos adversaires ; et nous salivions devant les morceaux de quatre-quarts et de tarte aux prunes confectionnés par la grand-mère de Meunier qui, généreux, les partageait avec ceux de son camp avant de se relancer à nos trousses. Je revoyais Renault, capable d'équilibres sur une main, ce qui lui valait l'admiration des filles et le soutien de certains Anglais en blazer jaune et bleu qui, le prenant pour un saltimbanque, lui lançaient des pièces de monnaie.

Et tous les autres, compagnons de foot, de pêches, de baignades, de plaisirs interdits, Cadorel, Frelon, Hamelin, les plus grands, ceux de douze-treize ans, les chefs, dissimulés tels les Indiens dans les entailles de rocher, fumant des cigarettes volées au comptoir d'un tabac ou dans les poches de vacanciers assoupis au creux des chaises longues.

La mer scintillait loin, très loin sous le soleil de l'après-midi et je pouvais encore distinguer la fumée d'un transatlantique qui s'éloignait vers le large.

Enfin, je parvins à me détacher de cet endroit magique, marchant à reculons pour garder cette image le plus longtemps possible, la conserver intacte, sans prêter attention aux pêcheurs qui, le long des rues, battaient les pieuvres sur les bords des trottoirs, me répétant mentalement le nom de tous mes copains que je saluais par la pensée et auxquels je disais au revoir.

Le retour fut interminable ; suite ininterrompue de barrages militaires et policiers postés sur les routes à l'entrée des villages. Des silhouettes armées s'approchaient dans un cliquetis de baïonnettes et de bidons, un falot à la main, scrutant l'intérieur des voitures et projetant au plafond des ombres gigantesques.

– Contrôle ! Papiers, s'il vous plaît.

Mon oncle s'exécutait, sortant de son gros portefeuille de cuir noir le livret de famille et les papiers de la Chenard. Coincé à l'arrière entre la portière et la poitrine de ma tante, je tenais bien à plat sur mes cuisses la boîte en fer blanc qui, en cas de nausées, m'éviterait d'éclabousser mes cousins, les sièges et le tapis de la voiture.

Consciente de la lenteur du voyage due à ces arrêts successifs, ma tante m'envoyait parfois prendre l'air pour que je puisse récupérer. Assis sur le marchepied, j'observais avec curiosité le remue-ménage de ces silhouettes qui, à la nuit tombante, s'activaient sur la place du village où nous étions arrêtés à côté de guimbardes au profil de cocottes en papier. Elles étaient remisées depuis si longtemps sous des bâches, au fond des granges, qu'elles reprenaient difficilement du service, surchargées qu'elles étaient par ce fatras de la vie quotidienne, amassé pêle-mêle à la hâte ; capharnaüm indescriptible qui débordait sous ces bâches trop petites pour contenir tant de misère, objets sans valeur dont on ne voulait pas se séparer. Les galeries des voitures débordaient de sommiers, de matelas surmontés parfois d'un landau dont les roues tournaient comme les jambes d'un bébé s'agitant dans le vide.

Elles souffraient sous ces charges démesurées les pauvres vieilles, et les moteurs usés par tant d'efforts calaient invariablement après les inspections des services de sécurité et les vérifications d'usage. Elles bloquaient le trafic, toussotaient, crachotaient, revêches aux coups de manivelle de leur propriétaire, insensibles aux adjurations des militaires qui les exhortaient à dégager le terrain.

Et ce n'est que manu militari qu'elles se laissaient pousser vers des coins plus tranquilles pour reprendre leur souffle. Je me souviens très bien du visage d'une femme ballottée par les événements, l'œil aux aguets, le chignon défait qui continuait dans le désordre et sous les regards des soldats d'allaiter patiemment son enfant.

– Tonton ! Ces gens où vont-ils ?

Reprenant ma place, j'avais posé la question.

– Ils quittent leur ferme trop isolée pour des lieux plus sûrs où mettre leur femme et leurs enfants à l'abri avant d'être mobilisés.

– Et toi, t'es pas mobilisé ?

– Pourquoi tu veux que je le sois ?

J'eus conscience de la bêtise et de l'insolence de ma question.

Il eut un sourire.

– Moi, c'est plus tard. J'appartiens aux services auxiliaires.

– Pourquoi ?

– Question d'âge.

– Et Papa ?

– Ton père il ne risque rien, il est italien.

– Alors, y va pas faire la guerre ?

– S'il la fait, ça risque d'être contre nous.

Soudain, il y eut une fissure à l'intérieur de moi-même. J'eus l'impression de n'être plus tout à fait comme mes cousins, indifférents d'ailleurs à cette conversation, plongés dans la lecture de *Mickey*. Rejeté de la tribu, j'eus la désagréable sensation d'être exclu, banni, n'ayant plus les mêmes droits, comme si une barrière s'était soudainement dressée entre eux et moi.

Conscient de mon isolement, marqué d'une tache dont je savais déjà qu'elle ne s'effacerait jamais, je fus envahi par un profond sentiment d'injustice. Je regardai par la vitre la nuit recouvrir la terre de façon inquiétante et où tremblotaient par endroits les lumières des attelages accrochés au cul des ridelles. C'était donc ça la guerre ! Je nous imaginais déjà entourés d'Allemands déguisés en fermiers et malgré ce qu'avait dit mon oncle, je me sentis en sécurité à l'intérieur de sa voiture.

Nous parvînmes à la ville très tard. Quelle ne fut pas ma surprise de découvrir sous les réverbères du boulevard la longue cohorte de soldats en kaki, tout préparés, godillots, bandes molletières, faisant la queue devant les roulantes pour un peu de bouillon et un quart de miche de pain.

Dans les colonnes rangées, sacs à terre près des fusils en faisceaux, nous reconnûmes un cousin éloigné, premier de la famille à partir pour le front. Ravi de nous voir, il nous fit de grands sourires, découvrant des dents magnifiques dont deux sur le côté étaient recouvertes d'or blanc. Ce détail me fascinait depuis toujours et le rendait à mes yeux irrésistible. C'est en l'embrassant que je vis, collée sur le mur de l'école, l'affiche recommandant de se procurer des masques à gaz distribués par la défense passive. Elles représentaient ces fameux trois visages masqués. En imaginant les profs nous faire la classe munis de ces engins, j'entendais déjà les sarcasmes et les quolibets de mes camarades et ça me fit rigoler.

De la même façon qu'on avait réquisitionné les voitures, les bicyclettes furent consignées – ordre de la préfecture. Le vélo étant à l'époque le moyen de locomotion le plus répandu, sans lui tout à coup la ville devint comme morte.

Tout aurait dû se passer normalement ce jeudi-là si Olivier Bélier dit Olive, dit Popeye, ne m'avait fait part de ses intentions. D'un an mon aîné, nous étions nés dans la même maison, au 36, sur le même palier, lui dans l'appartement de droite au premier étage en montant l'escalier aux balustres vermoulus ; moi, dans celui de gauche. Ça crée des liens, et ça n'est pas le fait que mes parents aient déménagé quelques années plus tard pour s'installer en face, au 47, qui changea quelque chose à nos rites. Elevés dans la rue depuis l'enfance, complices de tous les coups défendus, on s'ingéniait à inventer des épreuves de plus en plus spectaculaires qu'on affrontait, quitte à avoir peur plutôt que de se dégonfler et passer pour un lâche. Il ne fut donc pas question, alors que nous revenions du Champ de Mars voir le cirque Pinder dresser son chapiteau, de refuser l'idée qu'eut Popeye de faucher les deux vélos qu'il venait de repérer sur le bord d'un trottoir.

Nous attendîmes l'heure du déjeuner, afin de nous donner le plus de chances de ne rencontrer personne. Quand l'horloge de l'église sonna la demie de midi, nous nous aventurâmes dans notre propre rue avec des précautions d'éclaireur. Popeye fit main basse sur sa machine et la glissa promptement dans le couloir du 36 ; j'en fis de même au 47 dans la bifurcation plus étroite, plus sombre qui partait du bas de l'escalier pour mener à la cave. Après m'être assuré de l'efficacité de ma cachette, je grimpai les marches quatre à quatre pour me glisser à table, manger ma soupe et subir la première engueulade du jour.

– T'as tellement travaillé ce matin que tu te permets d'être en retard ?

Je mangeais tête basse évitant le regard de mon père.

– D'où viens-tu ?

– Je regardais monter le cirque Pinder.

– Et c'est ça qui t'empêche d'être à l'heure et de manger avec tout le monde ?

Il n'était pas question de répondre. Le nez dans mon assiette, je tentais de me rendre le plus petit possible.

S'adressant à ma mère qui me servait d'un autre plat :

– Et toi, tu le sers !?

Il la regarda avec reproche.

– Tu n'en feras jamais rien.

– C'est jeudi, fit-elle, il a le droit...

Il ne lui laissa pas le temps de continuer.

– Avec lui c'est toujours jeudi. Pas une fois il ne lui viendrait à l'idée de venir à l'atelier se rendre utile.

– Il est jeune...

– Moi aussi, j'ai été jeune et j'aidais mon père.

Tant d'inertie, d'incompréhension l'exaspérait. Excédé par mon comportement, il réclama le café. Ma présence l'indisposait. Après avoir saisi un petit bocal en grès plein de bouts d'allumettes effilées par ses soins, il en choisit un, but son café, se cura les dents et ne s'attarda pas. Son couteau replié, il se leva et sortit de la cuisine.

Je l'entendis descendre, de cette démarche que je connaissais mieux que personne. A travers la cloison, me parvenait le bruit de son pas faisant craquer le vieil escalier de bois dont il disait souvent qu'il faudrait le changer. Il n'y aurait aucune rupture de rythme, sauf à la fin, quand, après une sorte d'hésitation, une réception plus lourde m'avertirait qu'il avait franchi la dernière marche plus haute que les autres et que son pas glisserait, à peine perceptible, sur le parquet du couloir avant d'être noyé par les rumeurs de la rue. A mon grand désespoir, il n'y eut pas de glissement, je le devinais arrêté avant la dernière marche et les bruits qui suivirent ne correspondant pas au langage habituel, je sus d'instinct qu'il était penché au-dessus de la rambarde, examinant le vélo rangé devant la porte de la cave. Avant même d'entendre son pas précipité remonter les escaliers, dans la perspective de ce qui m'attendait, je me glissai prestement derrière la table, du côté opposé à la seule issue possible. Mon frère et ma sœur me regardaient surpris, ne comprenant rien à mon attitude. J'eus l'impression que sous la poussée, la porte allait voler en éclats ; mon père se dressait sur le seuil de la cuisine.

– Qui a mis ce vélo en bas ?

Après un bref coup d'œil circulaire, il n'eut plus à se poser la question, tant mon comportement reflétait l'évidence même de mon forfait. Sautant les préambules, il en vint à l'essentiel.

– Où l'as-tu pris ?

Comme je tardais à répondre, je le vis se mordiller la lèvre inférieure, signe avant-coureur d'une grosse colère.

Tout le gênait, la table encombrée, mon frère, ma sœur n'esquissant même pas le geste de se lever pour lui faciliter la tâche, lui déblayer le terrain : il tenta de s'approcher. Comme un boxeur, je fis un pas de côté pour le tenir à distance, rester à l'abri de cette table qui, tant qu'elle serait entre nous, représentait ma seule sauvegarde.

Fatigué de jouer au chat et à la souris, il s'arrêta énervé.

— Je t'ai demandé où tu l'as pris ?

— Dans la rue, il était tombé.

— Et toi, tu n'as rien trouvé de mieux que de le ramasser.

Il me toisait essayant de découvrir la vérité.

— Tu sais ce que ça coûte ?

Je le sentais à tout moment capable d'exploser, de pousser la table dans un mouvement d'humeur, de renverser ce qu'il y avait dessus pour me coincer contre un mur, le fourneau, n'importe quoi, afin de m'avoir à sa portée.

Essayant de le calmer, je ne faisais qu'aviver sa fureur.

— Je vais le ramener là où il était.

— Ça ne te suffit pas qu'on soit en guerre, étrangers avec tout ce que cela comporte, mis à l'index, montrés du doigt. Toi, tu voles un vélo.

Il avait agrippé la table.

— Imbécile, tête à claques...

— Je vais le ramener tout de suite.

Il enrageait, me promettant des sorts dont tout bonheur était exclu. Les lèvres serrées, il allait pousser la table, j'en étais sûr, et là il n'y aurait plus d'échappatoire, il me faudrait subir la correction dont je savais qu'elle serait terrible.

Ma mère intervint au bon moment.

– Laisse-le passer, tu lui fais peur. Il va le ramener ce vélo.

D'un geste, elle fit lever mon frère afin que mon père me laisse le champ libre. Je contournai la table et au moment qui me sembla le plus opportun, je me ruai vers le couloir ; il se retourna avec une vélocité extraordinaire et à toute volée me décocha derrière la tête une gifle qui me fit perdre l'équilibre. Impressionné par ce coup de semonce, j'accrochai à la hâte la poignée de la porte d'entrée, dévalai l'escalier, sautant les dernières marches, puis j'empoignai le vélo.

Sa voix m'arrêta net du haut du palier résonnant dans toute la maison.

– Où le ramènes-tu ?

– Là où je l'ai trouvé.

– Non, va le porter au vélodrome. C'est là qu'ils sont consignés.

Dans la rue, j'en profitai pour siffler Popeye. Sa tête apparut dans l'encadrement de la fenêtre, il n'eut pas besoin d'explication, il comprit tout de suite. Il me rejoignit, tenant sa machine par le guidon.

– Qu'est-ce qu'on fait ? demanda-t-il.

– On va au vélodrome.

Le soleil léchait le mur du lycée et nous étions passés devant, pédalant lentement, pour prolonger le plaisir, moi en danseuse, ma selle étant trop haute. Nous n'avions aucune raison de nous presser ; le chemin, on le connaissait par cœur. Mon père, membre du club organisateur des réunions sur piste, assistait à toutes les courses à titre de commissaire et si parfois des coureurs italiens participaient à ces manifestations, il leur servait d'interprète. Pour soulager ma mère, il jugeait préférable de m'emmener le dimanche après-midi m'initier aux secrets du vélo. Un jour, il invita le père d'Olivier, mais monsieur Bélier dont l'enseigne cuivrée, rutilante (astiquée par sa femme), indiquait qu'il était assureur, ne s'intéressait pas au vélo. Il passait ses jours de congé à compulser des registres, de gros livres de bordereaux, et je n'ai jamais connu son bureau autrement que sous un amoncellement de journaux, sans photos, dont les titres liés à la finance me semblaient aussi rébarbatifs qu'une course me paraissait séduisante.

En revanche, quand cela ne créait aucune difficulté, il était ravi que son fils puisse se joindre à nous. C'est ainsi que les habitudes se prennent et c'est comme ça que Popeye et moi avons effectué nos débuts dans le monde du cyclisme.

Les jours de réunion sur piste, Popeye déposait un rapide baiser sur le crâne de son père plongé dans ses papiers. Après que celui-ci nous eut gratifié d'un petit sourire en signe de bénédiction, nous dévalions l'escalier pour nous accrocher aux basques du mien. Soucieux d'exactitude, il nous entraînait à sa suite, dans les rues, pressé de remonter la foule qui s'acheminait bruyamment vers le vélodrome.

A l'allure qu'il nous imposait, obligés de courir pour suivre la cadence, nous ne tardions pas à approcher des abords du vélodrome, apercevant déjà les drapeaux, les bannières, déployés aux couleurs des nations participantes et je m'amusais toujours à voir les gens se précipiter par peur de manquer le début, tirant des enfants qui essayaient vainement de souffler dans de minuscules trompettes multicolores offertes en prime avec le programme.

Quel changement aujourd'hui, dans cette rue le long du canal que nous ne connaissions qu'animée, pleine de monde, de la découvrir telle qu'elle était réellement : une rue de machines à gaz abandonnées, sans âme qui vive, donnant l'impression de s'ennuyer tellement qu'elle paraissait vouloir s'en aller plus loin, sans but, vers n'importe quoi.

Tout était figé, inerte et nous avions mis pied à terre avec précaution, évitant de provoquer le moindre trouble, jetant des regards inquiets autour de nous, surpris par ce silence auquel nous ne nous attendions pas. L'un des deux grands portails de bois peint était ouvert, celui qui donnait derrière les tribunes. Une fois à l'intérieur du stade, nous jetâmes un œil sur la loge de la concierge. Personne. Tout était désert et nous avancions prudemment avec nos bécanes dans ces lieux silencieux habitués aux clameurs et aux cris, avec l'impression de profaner la tranquillité d'un temple comme il s'en trouvait dans mon livre de géographie. Plusieurs fois, nous nous sommes retournés, cherchant un déclic, une présence, par peur d'être surpris ; Popeye avait poussé les portes des vestiaires et, après une courte hésitation, nous avons erré dans ces locaux vides aux banquettes fixées le long des cloisons de séparation sur lesquelles j'avais vu assis, prostrés, les vaincus de l'étape, les seigneurs du jour, Leduc, Speicher, Antonin Magne, les bras sur les cuisses, mitaines jointes, cherchant l'erreur commise qui les avait empêchés de brandir le bouquet du vainqueur dans la bousculade.

A ces occasions, rien ne nous échappait, nous étions partout, dévalant les escaliers des tribunes pour nous faufiler ailleurs, toujours entre les jambes de quelqu'un, bien décidés à ne rien manquer lors des arrivées, intéressés par tous les détails, sans cesse au premier rang, toujours les mieux placés afin de pouvoir le lendemain émerveiller nos camarades de classe par nos récits de la veille.

Bien sûr, il m'arrivait d'en faire trop. Parfois dans l'incapacité d'apercevoir le moindre morceau de piste à travers les rangées de spectateurs tassés contre les mains courantes, j'escaladais l'escalier à claire-voie de la tribune présidentielle et, au moment où retentissait la cloche annonçant l'arrivée, je m'accoudais sur la barre du balcon central, sans me soucier des officiels qui pestaient derrière moi, et me désignaient aux commissaires pour qu'ils me fassent redescendre. Aussi, chassé du champ de vision, repoussé au bas des marches, j'attendais inlassablement de recommencer, tapi, blotti, aussi patient qu'un chat à l'affût. Rien ne m'arrêtait et il fallait une colère du président demandant à mon père de s'occuper de moi pour que les choses rentrent dans l'ordre.

Même dans ces conditions, j'avais tout vu, ou presque ; les apparitions tumultueuses à la fin des classiques où les coureurs se tiraient par le maillot, les boyaux chevauchant leurs épaules ; et si l'un des concurrents était une de mes idoles, je n'hésitais pas à me glisser, à ramper jusqu'au bord de la ligne d'arrivée, trempé, crotté, car je ne me souviens que de réunions sur piste ensoleillées alors que les fins d'étapes se déroulaient sous la pluie, maculant sous ces déluges le visage des vainqueurs, couverts de boue, méconnaissables, au regard de hibou, semblables à ces chauffeurs de locomotive, lunettes sur le front, photographiés à l'arrivée des grandes lignes.

Mais ce qui me restait le plus précieux de ces lieux où flottait encore de pâles effluves d'embrocation, c'était ma rencontre avec les stayers et leurs motos antédiluviennes au profil d'alambics, que mécaniciens et entraîneurs n'arrêtaient pas de mettre au point, tellement compliquées, biscornues, qu'immanquablement deux ou trois d'entre elles tombaient en panne à chaque course, faussant les résultats. Pourtant d'autres les remplaçaient, tout aussi difformes, que l'on poussait sur la pelouse, afin de leur donner de l'élan jusqu'à ce que les grosses courroies se mettent en branle et les fassent rejoindre dans un vacarne d'enfer leurs champions esseulés au bord de la piste.

Dans cette discipline difficile, là aussi j'avais vu évoluer les grands : Wambts, Laquetraye, les Séris. Le hasard m'en avait fait côtoyer un, Elio Frosio, champion d'Italie. Il se rendait sur la piste avec son maillot or quand il passa près de moi au moment où je me faisais disputer une fois encore pour avoir désobéi. Cela le fit sourire, il s'approcha, et très gentiment me passa la main dans les cheveux.

– C'est rien, dit-il.

Rien, c'était tout. Il devint mon héros.

Le soir, mon père m'envoyait me coucher plus tôt que d'habitude pour me punir, ce n'étaient pas ses engueulades qui m'occupaient l'esprit, mais au moment de m'endormir, l'image de Frosio que je tenais en équilibre sur la ligne de départ, surveillant derrière nous l'arrivée des bolides pour le lâcher au moment propice, le pousser de toutes mes forces en avant loin dans le sillage de son entraîneur debout sur sa moto, raide comme un paravent, pour qu'il l'abrite et l'emporte, petit papillon doré blotti dans son dos.

Dans le silence du vélodrome déserté, la voix de Popeye retentit de l'autre côté des tribunes.

– Viens voir !

Vus d'en haut, tous les vélos enchevêtrés qu'une grue empilait chaque jour de plus en plus haut, sans le moindre égard, avaient l'air de se décomposer sur la pelouse au milieu du stade. C'était devenu une montagne apocalyptique de fer, de chrome, où parfois l'on distinguait des étiquettes accrochées aux fourches indiquant le nom de propriétaires optimistes qui gardaient l'espoir de récupérer leurs engins un jour. De tout, il y avait de tout. Des selles fines comme des becs de bécasse, des tricycles d'enfants jetés pêle-mêle sur le tas, des triporteurs de garçons-bouchers avoisinant les vélos aux minuscules guidons des postiers et des télégraphistes, des modèles cyclotouristes aux gros pneus et aux larges selles, des cadres de toutes les couleurs aux formes musclées. Il y avait là entremêlés des tandems, des machines d'un autre âge, des carcasses qui depuis des années devaient pendre accrochées au mur des remises, des granges de ferme dont on s'était débarrassé autant pour faire propre que pour être en règle avec les services municipaux.

Tout était amoncelé, le beau côtoyant le pire, une sorte de musée, un temple de la bicyclette, un entrepôt de la bécane, résidus et vélos enchanteurs.

Cela se confondait dans la plus étrange démocratie, d'où il émergeait parfois un beau coursier chromé entouré de débris sans âge, sans roue dont les châssis rouillés s'effilochaient par plaques comme de la fine dentelle.

Je l'avais repérée tout de suite. Une merveilleuse machine de sprinter-routier au guidon de course enveloppé de chatterton jaune, rehaussé de liserets rouges, les garde-boue chromés, avec un dérailleur à faire pâlir Popeye, si j'arrivais toutefois à la sortir de là.

Or, impossible de la dégager, d'extirper le moindre engin de ce fatras, j'avais beau essayer, la masse inerte au-dessus m'en empêchait, rebelle, revêche, comme si tout ce qui s'amassait là ne faisait qu'un. La mort dans l'âme, je renonçai. Mais le vélodrome était là, vide, offert, et nous appelait irrésistiblement.

D'un élan, Popeye et moi, on enfourcha nos bicyclettes, un pied sur une pédale, l'autre à terre, attendant le signal d'un starter imaginaire, le regard fixé sur la piste que j'allais affronter pour la première fois ; un de ces instants magiques qu'offrent souvent les bonheurs interdits, providentiels, que la guerre nous livrait aujourd'hui. Emprunter cette piste réservée aux professionnels des courses de ligne, aux géants des courses à étapes, à l'élite des pistards ! J'avais dix ans et j'aurais voulu que le temps s'arrêtât là pour jouir encore longtemps de cette atmosphère bénie et du silence de l'après-midi ensoleillé.

Mon corps se mit à frémir dans l'extase du départ. Rien ne comptait plus, ni l'ambiance de la ville, pas plus que les sirènes des usines.

Popeye cria : un, deux, trois !

Dans un synchronisme parfait, nos

jambes s'élevèrent pour caler l'un des pieds sur la pédale, un coup de reins, et les vélos s'élancèrent sur l'anneau de ciment pour disputer le Grand Prix de vitesse. Nous avions à peine parcouru quelques mètres que Popeye bloqua sa machine, m'imposant l'épreuve du surplace. J'essayai vainement de mettre mon guidon en travers pour me stabiliser, pourtant, je ne pouvais garder l'équilibre. Sur le point de mettre pied à terre et d'être disqualifié, force me fut de repartir.

Popeye suivait, sûr de son fait, puis il me dépassa et s'en alla grimper jusqu'aux balustrades. Je savais par expérience qu'il fallait suivre, ne pas quitter sa roue. Il me regardait furtivement, m'invitant à le rejoindre. Je ne voulais pas me dégonfler et faisant taire ma peur, me hissai à mon tour derrière lui, le suivant en douceur. Mais j'eus le malheur de quitter sa roue des yeux et de regarder en bas. A l'idée de tomber, je fus paralysé tout à coup et malgré mon désir de disputer ce Grand Prix de vitesse, j'étais pétrifié par le vertige.

Popeye se retourna et me lança :

– On est bien là haut !

Et des yeux, il embrassait tout le vélodrome.

L'ordure ! Il le voyait que je n'étais pas bien, cramponné à mon guidon, les genoux serrés ; je le suivais quand même, obstiné, ne voulant pas perdre la face, les mains moites et le dos en sueur. Redescendre me paraissait dangereux, je restai sagement dans le sillage de Popeye en évitant de regarder plus bas. Il était long ce virage, il n'en finissait plus et c'est avec un énorme soulagement que je le sentis s'affaisser pour me retrouver sur le plat de la piste.

Puis ce fut l'ultime passage devant la ligne d'arrivée et la tribune présidentielle. Il nous semblait entendre la cloche indiquant le sprint. Nous prîmes de la vitesse l'un et l'autre et les bécanes d'ouvriers qui n'avaient connu jusque-là que l'allure tranquille de leurs propriétaires, surprises par ce rythme forcené, protestèrent par de furieux crissements de chaîne.

Malgré mes efforts, je ne pus le

remonter, Popeye était plus rapide que moi, plus expérimenté aussi. J'avais beau torturer mon guidon pour me donner le sentiment d'aller plus vite, me trémousser sur le cadre de ma bicyclette, il ne me laissa aucune chance. Avec une bonne longueur d'avance, il remporta l'épreuve. A peine la ligne d'arrivée franchie, il s'éleva jusqu'en haut du virage, levant le bras pour répondre aux acclamations de la foule comme il l'avait vu faire des dizaines de fois par ses illustres prédécesseurs.

Moi, je restai prudemment en bas de la piste, le laissant savourer sa victoire. Il caracolait là-haut, semblait serrer des mains et répondre aux baisers des femmes. Parfois, il s'arrêtait, s'accrochait aux balustrades, mimant un dialogue spontané avec les spectateurs. Puis brusquement, tel un oiseau, il plongea jusqu'à moi. Grand seigneur, il me prit par l'épaule, invitant la foule à m'applaudir moi aussi.

Nous avions bouclé le premier tour d'honneur puis, tradition oblige, le vainqueur effectua seul le second ; je déposai ma vieille bécane au milieu de la piste et grimpai dans la tribune présidentielle. Le plancher des gradins que j'escaladais un à un amplifiait la lourdeur de mes pas et le sentiment de ma solitude. Je le regardai lever les bras en vainqueur. Cela eut le don de me dépiter : pour une fois que je courais le Grand Prix de vitesse !

Quand il revint sur la ligne d'arrivée, il mit pied à terre et me regarda surpris.

– Qu'est-ce que tu fous là-haut ?

– J'ai déposé une réclamation aux commissaires de la course.

– Pourquoi ?

Envahi par la jalousie, je ne pus réprimer l'envie de ternir sa victoire par une de ces réactions qu'on voudrait après coup chasser de sa mémoire.

– Tu m'as gêné dans le dernier virage.

Il eut un mouvement de totale incompréhension.

– Moi, je t'ai gêné ? Ça va pas non ?

– T'es déclassé.

Il resta un moment sans réaction, dépassé.

Il était malin, Popeye ! Il retourna le

piège contre moi.

– Je t'ai gêné ? D'accord. Je te donne ta revanche.

Je la voulais, la victoire, mais à l'idée de me retrouver là-haut, dans les virages où j'avais eu tellement la trouille, mon envie d'inscrire mon nom de petit rital au palmarès s'effaça instantanément.

En haussant les épaules, je marmonnai :

– Bof... Ma bécane est foutue... Faisons comme si tu avais gagné.

RUE CIMAROSA
S'IL VOUS PLAIT

Je venais de prendre un taxi, avenue de Versailles, pour me conduire en haut de la rue Cimarosa. Installé à l'arrière de la voiture, je lisais un journal acheté quelques instants auparavant quand j'entendis le chauffeur déclarer de la façon la plus simple, la plus quotidienne :

– Nous étions très bien hier soir !

Il avait prononcé cette phrase sans esquisser le moindre mouvement, comme s'il s'était adressé à un animal tapi à ses côtés, lui tenant compagnie. Après avoir jeté un coup d'œil sur le siège avant où aucune présence ne se manifestait, je croisai le regard de l'homme dans le rétroviseur. Il souriait, énigmatique, guettant ma réaction.

Surpris que ce message me fut adressé, je restai sans voix. L'homme insista.

– Nous étions très bien, Pierre, hier soir.

Cette fois, c'était clair, la phrase était la même mais l'apport du prénom lui donnait une signification qui ne pouvait m'échapper. La veille, en effet, une chaîne de télévision avait projeté un film de Pierre Granier-Deferre : *Un amour de guerre.* Amoureux d'une jeune infirmière anglaise, j'interprétais le rôle d'un correspondant de guerre du nom de Pierre Level. Nul doute, c'était à ce personnage que le chauffeur faisait allusion. Il continuait de conduire tranquillement, attendant cette réponse que décemment je ne pouvais lui donner. Comment aurais-je pu le féliciter, sans raison, sur une part de l'interprétation qu'il s'arrogeait en disant “ nous ”, et accepter des compliments sur la part me concernant sans afficher une certaine prétention ?

Devant un dilemme d'une telle gravité, je choisis de rester muet. Il parut dépité. Mon masque de connivence, de complicité lui fit traverser un moment d'inquiétude, son regard devint subitement soucieux, perplexe. Se serait-il trompé ? Il s'en assura sur-le-champ.

– Vous êtes Marcel Bozzuffi ?

J'acquiescai.

– Et hier soir, vous étiez bien Pierre Level ?

J'eus un hochement de tête suffisant pour le rassurer et lui redonner confiance. Tout rentrait dans l'ordre, son dos se cala encore davantage sur le dossier de son siège. Coiffé d'un béret, il portait une blouse grise et, le peu que j'apercevais de son visage dans le rétroviseur, me donnait l'impression de ne jamais se départir d'un léger sourire.

Sa placidité m'étonnait, due sûrement à une expérience frisant la cinquantaine qui le laissait de marbre devant les sarcasmes des automobiles qui, l'ayant doublé, lui signifiaient qu'il conduisait trop lentement. Il n'avait cure de ces gens-là, suivant sa route à son rythme, de la même façon qu'il devait suivre son idée.

Tout en laissant planer son regard sur

le trafic qui s'intensifiait du côté de la place de Varsovie, il semblait réfléchir. Une rencontre fortuite comme celle-là ne se représenterait peut-être jamais. Il fallait en profiter. Je ne pense pas, si mes souvenirs sont exacts, avoir dit une seule parole pendant la course tant ce qu'il voulait me communiquer, me faire partager, était important, tant je fus fasciné par sa manière de s'exprimer, cette facilité d'élocution qu'ont parfois certaines gens des classes populaires.

– Vous vous êtes étonné en m'entendant dire “ nous ” à propos de votre personnage d'hier soir ?

Il se retourna presque pour juger de son effet.

– Je vous comprends, cela avait de quoi surprendre et je vous dois une explication.

Son esprit vagabonda un court instant sur les terres gelées du front que sillonnaient des kilomètres de fer barbelé.

– Moi aussi, hier soir, tout comme vous, j'étais Pierre Level. Je vais vous faire une confidence, cher monsieur. Vous voyez dans quel univers je passe mes journées, le chaos, le bruit, sans parler de l'humeur de certains clients, leur mauvaise foi. “ Pourquoi êtes-vous passé par ici ? ” “ Si vous connaissiez un itinéraire, fallait me l'indiquer, je l'aurais pris ”. “ Ah ! écoutez, ça suffit, maintenant c'est trop tard ”.

Il hochait la tête en souriant d'un air de quelqu'un qui en a tant entendu.

– L'agressivité des gens est une chose étonnante, vous savez. A peine prenez-vous le temps de charger ou décharger un client, vous n'y coupez pas. “ Alors, tu te ranges, hé connard ! ” Vous me direz que j'aurais pu choisir un autre métier. (Il eut un court moment d'hésitation qui changea sa façon de penser.) En y réfléchissant bien, non, le hasard décide. Moi, ça a été mon buraliste. C'est lui qui m'avait fait savoir qu'une boîte cherchait un chauffeur de taxi. Ça ne m'enchantait pas, je voulais être représentant de commerce, seulement il fallait bien travailler. J'ai accepté sans imaginer une seconde que, trente ans plus tard, je serais toujours dans mon bahut au milieu des encombrements.

Il eut un regard d'incompréhension pour toutes ces voitures sautillant comme des puces, qui cherchaient à gagner quelques centimètres de terrain. Pour aller où ?... Tout était bloqué.

— Ça vous avance à quoi ?

Il s'adressait à notre voisin, un moustachu dans une grosse voiture américaine dont l'imposant volant d'une blancheur de nacre lui faisait, par comparaison, une toute petite tête. Coincé lui aussi, il actionnait rageusement son avertisseur espérant par ses appels qu'un dieu débonnaire l'extrairait de ce puzzle qu'une main gigantesque imbriquait à plaisir.

Il me prit à témoin, me montrant le moustachu turbulent.

— C'est dur, vous savez, de passer toute une journée dans une atmosphère comme celle-là. Le soir, je n'aspire qu'à ranger ma voiture et me retrouver chez moi. Au début, je discutais avec ma femme, je lui racontais les péripéties de la journée, mes rencontres. (Il eut un bref sourire pour le moustachu qui implorait le ciel.) Taxi, parfois on en voit de drôles. Ça l'intéressait. Elle, en revanche, me racontait l'histoire d'un feuilleton qui passait à la radio le matin et qu'elle prenait en sténo. Pendant que je dînais, elle jouait tous les rôles, ça l'amusait beaucoup. Puis, bizarrement, sans raison apparente, un jour elle m'a laissé un mot sur la table : " Tout est prêt, tu n'as qu'à réchauffer, je vais me coucher ". Au début, on regimbe. " Pourquoi tu ne m'as pas attendu ? C'est pas gentil, t'aurais pu m'attendre ". " J'étais fatiguée ! " Devant l'évidence et l'inertie, on cède, on retourne vers la cuisine et on dîne seul pour la première fois, sans savoir que votre vie bascule. Etait-ce le feuilleton qui ne l'intéressait plus, mes récits qui n'arrivaient plus à la distraire, maintenant je dîne seul pratiquement tous les soirs. L'habitude est prise, vous êtes coincé.

Il eut un profond soupir.

— On accepte tellement de choses par habitude, le premier pas franchi, c'est comme l'histoire, c'est écrit, on ne revient jamais en arrière. Ou alors, il faudrait tout changer, avoir la volonté de recommencer. (Il haussa les épaules.) On hésite par lâcheté, (il se reprit, ce mot ne lui convenait pas, il rectifia) par lassitude. On hésite de peur de se tromper, de faire un mauvais choix, de tomber plus mal. Fataliste, on s'en remet au hasard...

D'un geste large du bras, il me montrait à travers le pare-brise l'ampleur de l'imbroglio dont il essayait de s'extirper.

— Et on subit, comme maintenant. Je vais vous faire une confidence, cher monsieur. On s'habitue à tout, même à la solitude. La plupart du temps, quand je rentre du travail, ma femme est déjà couchée. Je lui dis bonsoir et retourne dans la cuisine m'installer devant mon couvert, manger ce qu'elle m'a préparé. Je vais probablement vous choquer, cette intimité me plaît. Elle me change des trépidations de la journée, du bruit de la rue, de cette rumeur incessante de la circulation qui vous brise. Loin des camions, des voitures, seul, dans le silence de ma maison, je suis bien, je me détends, ça repose. Vous savez, j'ai mis des années à m'en rendre compte, l'usure d'un couple ressemble à l'effritement d'un rocher, quand on en perçoit les effets, il est trop tard, la fissure est déjà trop profonde. Je vais vous dire une chose. Je me suis marié avec une femme que j'aimais bien... (Ne voulant pas créer le moindre soupçon dans mon esprit, il se reprit immédiatement.) Que j'aime bien. Pourtant, rien à faire, il y avait erreur au départ. Je vais vous confier un secret. Ma vie est un parfait malentendu. (Et il eut cette constatation inéluctable.) Ma femme est une dormeuse, je suis un insomniaque.

Situation insoluble, état de fait contre lequel on ne peut rien. Il eut un profond soupir. Le flot se libérait et nous quittions la place de Varsovie.

– Avec le temps, on s'accommode, moi je me suis adapté petit à petit.

Dans le rétroviseur, il vérifia si je l'écoutais toujours. Réflexe bien inutile. J'avais depuis longtemps lâché mon journal, hypnotisé par son récit. Rassuré, il continua.

– Quand je pénètre dans ma chambre, ma femme dort. Je me glisse sans bruit et je m'installe. Je ne me couche pas. Ah ! non, pas du tout, je m'installe, j'ai deux oreillers. (Il eut un sourire désarmant de timidité). C'est mon seul luxe. Je me cale contre eux en m'adossant à la tête du lit. De deux choses l'une, ou le programme de la télévision ne me plaît pas, j'éteins et je reste des heures comme ça dans la tranquillité de la nuit, épiant ses murmures, pensant à mille choses. Ou le programme m'intéresse, comme ce fut le cas hier soir, et là tout devient facile. Ma femme dort et me laisse aller à mes rêves. Hier soir, j'ai adoré cette histoire entre cette jeune infirmière anglaise et le correspondant de guerre. Il suffit qu'un personnage me séduise comme celui que vous interprétiez pour que je me laisse emporter. Je m'identifie, vous comprenez. Je m'identifie au héros, je deviens reporter, je suis Pierre Level. L'appareil photographique d'une main, le bloc-notes dans l'autre, tout comme vous j'ai effectué les reportages dans les tranchées et les postes de combat, traversé des villages meurtris par la guerre, à moitié ensevelis sous la neige, partagé vos amours avec la petite Anglaise dans ce minuscule théâtre au charme démodé, ultime refuge par cette nuit glaciale que vous proposait benoîtement un curé de patronage. Lorsqu'enfin, dans les derniers moments du film, après avoir parcouru des kilomètres sur ces terres détrempées à la recherche de cette femme disparue, vous l'avez aperçue, corps inerte gisant sur le sol entre des rangées de barbelés, il vous a fallu ramper jusqu'à elle, la prendre dans vos bras et l'emporter hors de ce champ de bataille sous le feu des canons et des mitrailleuses qui donnait au ciel des campagnes des couleurs de fin du monde. J'ai vécu un instant inoubliable, monsieur. Magique !... Je l'ai soulevée au péril de ma vie, portée longtemps à travers ces paysages dévastés, cherchant de l'aide, une infirmerie, un poste de secours, pressé de la sauver. N'ayant trouvé personne, quand je vous ai vu à bout de forces déposer votre précieux fardeau dans ce chemin bourbeux, sachant que c'était fini, j'ai pleuré mon amour mort, prostré, insensible au désordre qui régnait, au trafic des véhicules et des engins blindés dont les roues s'enfonçant dans les nids de poule vous maculaient le visage de boue et me souillaient, moi aussi.

Au ton qu'il employait, j'imaginais en effet qu'il avait beaucoup souffert. Il s'était tu, revivant la scène. Je la revivais, moi aussi, pas de la même manière. Je nous revoyais, Géraldine l'actrice anglaise et moi, enveloppés durant le tournage dans des couvertures, pétris de froid, essayant de nous réchauffer en nous frottant les mains au-dessus de braseros de fortune.

– Voilà pourquoi, monsieur, fit-il après un long moment, voilà pourquoi je me suis permis de vous accueillir dans mon taxi en disant : “ Nous étions très bien hier soir ”, m'arrogeant le droit de nous associer dans cette merveilleuse aventure. Je vais même vous dire mieux. Le film ne s'est pas arrêté au moment où l'ambulance s'éloignait, disparaissant dans ce brouillard d'hiver où l'on ne distinguait plus que des ombres. Adossé à mes deux oreillers, j'en ai changé la fin, modifiant le scénario, incapable d'abandonner ce personnage pour ne pas abréger ce bonheur que je connaissais dans le silence de ma chambre. Ça vous épate ?

Il eut un petit sourire entendu.

– J'ai continué à être Pierre Level plus longtemps que vous, tard dans la nuit. Vous m'avez bien dit rue Cimarosa ? Nous sommes rendus.

Il était arrivé au bout de son histoire, moi au bout de ma course. J'ouvris la portière, lui demandant combien je lui devais. Il se retourna, ôta son béret et, avec beaucoup de simplicité, il me répondit :

– Je vous en prie, monsieur, il n'en est pas question, vous m'avez procuré un tel plaisir.

L'heure était venue de nous quitter. Debout sur le trottoir, je m'approchai pour le remercier, il me tendit la main.

– Ce moment que j'ai partagé avec vous, je ne l'oublierai jamais.

Moi non plus, monsieur, je ne l'ai pas oublié puisque j'en parle aujourd'hui, des années plus tard.

Vous qui invoquiez le hasard, comment ne pas penser à celui qui me faisait pénétrer dans votre taxi pour m'y entendre conter, non pas le récit d'une histoire que j'avais vécue, mais celle que vous aviez reçue. En me confiant votre secret, j'ai partagé votre vie, et, l'espace d'un instant, par le truchement du cinéma, vous avez partagé une partie de la mienne.

Comment pourrais-je l'oublier, monsieur ?

J'étais sous le charme, et je vous revois encore partir à regret comme on quitte un ami. Quand la voiture s'est ébranlée, vous emportant avec vos rêves, je restai sur le trottoir sans vous quitter des yeux. Au bout de quelques mètres, le taxi s'est arrêté. Je me suis approché. Le regard plein d'espoir, vous m'avez dit avant de disparaître, le visage rougi par l'émotion :

– Hier, j'étais Pierre Level... Demain... je serai peut-être le maharajah de Smyrne !

Chez le même éditeur

LITTERATURE

A Cheng	Les trois rois
Jose de Alençar	Iracéma
Bai Xianyong	Enfance à Guilin
Juan Bosch	Vers le port d'origine
Michel-Ange Buonarroti	Epitaphes pour la mort de François des Bras
Nicolas Chmelev	L'Hôtel Pachkov
Antonio Debenedetti	Il manquait une étoile
Antonio Debenedetti	Encore un baiser
Maryline Desbiolles	Les bateaux-feux
Anne Duden	Traversée
Stanley Elkin	Marchand de liberté
Roma Elster	28, rue Nowolipki (Varsovie 1939-1945)
François Emmanuel	Retour à Satyah
Hans Magnus Enzensberger	Mausolée
Lygia Fagundes Telles	La structure de la bulle de savon
Lygia Fagundes Telles	Un thé bien fort et trois tasses
Eva Forest	Onintze au pays de la démocratie
Janet Frame	La chambre close
Franz Fuhmann	Une bagatelle en tous points positive et autres récits
Caroline von Gunderrode	La faim, nous l'appelons amour
Lars Gustafsson	La véritable histoire de Monsieur Arenander
Christoph Hein	Invitation au lever bourgeois
Christoph Hein	L'ami étranger
Christoph Hein	La fin de Horn
William Heinesen	La lumière enchantée
John Hawkes	Le hibou
Iliazd	Le ravissement
Helga Königsdorf	Visite imprévue

Helga Königsdorf	Viendra un nouvel automne
Dezso Kosztolanyi	Le traducteur cleptomane
Rosetta Loy	Les routes de poussière
Vladimir Makanine	La perte
Vladimir Makanine	Les vieux livres
Vladimir Makanine	Les voix
Klaus Mann	Ludwig
Howard Frank Mosher	Québec Bill Bonhomme
Edgar Allan Poe	Préfaces et Marginalia
Claude Richard	Lettres américaines
Marie-Victoire Rouillier	Un corps en trop
Anna Seghers	Transit
Robert Steiner	Passion
Robert Steiner	Plage
Lidia Storoni-mazzolani	Une épouse
Giani Stuparich	Ils reviendront
Anton Tchekhov	Le violon de Rotschild
Mario Tobino	Le désert de Libye
Mario Tobino	La ladra
Leon Tolstoi	L'histoire de la journée d'hier
Leonard de Vinci	Ombre lointaine
Ernst Weiss	L'épreuve du feu
Ernst Weiss	Le témoin oculaire
Christa Wolf	Cassandre
Christa Wolf	Changement d'optique
Christa Wolf	Trame d'enfance
Christa Wolf	Aucun lieu. Nulle part
Christa Wolf	Trois histoires invraisemblables
Christa Wolf	Incident
Tobias Wolff	Chasseurs dans la neige
Tobias Wolff	Engrenages
Traduit du chinois (Anthologie)	La remontée vers le jour (Nouvelles de Chine 1978-1988)

DOCUMENTS / ESSAIS

Raphael Drai	Lettre ouverte au cardinal Lustiger

François de Hollande	De la peinture : dialogues avec Michel-Ange
Franco lo Chiatto et Sergio Marconi	Galilée : entre le Pouvoir et le Savoir
Iakov Rapoport	Souvenirs du procès des blouses blanches
Bartolomeo Vanzetti	Ne pleurez pas ma mort
Traduit du chinois et présenté par Noel Dutrait	Ici la vie respire aussi et autres textes de littérature de reportage (1926-1982)
Traduit du chinois et présenté par Jean Levi	Dangers du discours (Stratégies du pouvoir IVe - IIIe siècle av. J.C.)

COLLECTION DE LA MUSIQUE

Jean-François Labie	William Christie : Sonate baroque
Brigitte Massin	Olivier Messiaen : Une poétique du merveilleux
Jean Roy	Vlado Perlemuter : Ravel d'après Ravel suivi de Rencontres avec V. Perlemuter

COLLECTION FEMMES ET REVOLUTION

Genevieve Fraisse	Muse de la raison
Dominique Godineau	Citoyennes tricoteuses
Nicole Pellegrin	Les vêtements de la liberté
Jean Massin	Marat (hors collection)
Jean Massin	Robespierre (hors collection)

COLLECTION NOVELLA

N.D Cocea	Le vin de longue vie
William Trevor	Les splendeurs de l'Alexandra
Vladimir Vissotski	Les jeunes filles

Achevé d'imprimer
le 15 décembre 1989
sur les presses de
l'Imprimerie A. ROBERT
116, boulevard de la Pomme
13011 Marseille
pour le compte
des Editions ALINEA
22, rue Victor-Leydet
13100 Aix-en-Provence

Dépôt légal : Janvier 1990

Photocomposition : Futur - Marseille
ISBN : 2 904631-91-7